МОТОЦИКЛИСТЫ

AuthorHouse™
1663 Liberty Drive
Bloomington, IN 47403
www.authorhouse.com
Phone: 1-800-839-8640

Published by AuthorHouse   05/23/2012

ISBN: 978-1-4772-0383-5 (sc)
ISBN: 978-1-4772-0382-8 (e)

Library of Congress Control Number: 2012908168

МОТОЦИКЛИСТЫ

Часть 1

Меня обогнала группа мотоциклистов в черных – кожанных куртках. Черные шлемы с защитными тонированными стеклами плотно закрывали голову, шею и нижний своей окантовкой упирались в плечи гонщиков, не давая возможности разглядеть их лиц; даже на мгновение, поворачивая голову в сторону бокового стекла автомобиля, я не мог уловить черт лица обгоняющего тебя «самоубийцы» в полуметре пролетающего от тебя.

Вот спина последнего впереди быстро удаляется, и только стихающий треск от моторов мотоциклов повисает над скоростным хайвеем. За потоками машин, бешено летящих вслед этой группе и закрывающие их, не успел увидеть, что было написано на белом квадрате куртки на спине последнего гонщика. Но то, что надпись была явно не по английски уловил; череда черных букв написанных не в готическом стиле, удалялась от меня.

Примерно через полчаса, решив перекусить, я остановился около придорожного ресторана. Припарковав машину, увидел на парковке с десяток мотоциклов; очевидно их хозяева были внутри ресторана. Зайдя вовнутрь, сразу же увидел молодых ребят; не все были в черных куртках, расположившихся за столиками вдоль стены полупустого зала. Было довольно тепло и несколько ребят сидели в цветных маечках, повесив свои куртки на спинки стульев, используя их как вешалки из платяных шкафов. На одной из курток, висевших на спинке стула, я увидел белый квадрат на котором по-русски было написано «Бей жидов, спасай евреев».

Взяв у стойки свой сендвич и банку колы, я сел за свободный столик недалеко от компании. Компания говорила по-английски. Смысл разговора я не старался уловить, да и честно говоря, не смог бы: моя голова была занята тем, что я прочитал на куртке. Неожиданность того, что я прочитал, вызывала во мне интерес; и не столько смыслом написанного, сколько тем, что здесь в американской глубинке в далеке от скопления русско-язычных эмигрантов – это было написано по-русски. Столь хорошо известный лозунг в России, но здесь в Америке... Продолжая есть свой бутерброд, поразмыслив, я решил, что это произведение быстрее всего было сделано каким-нибудь бывшим «русским» открывшем небольшую швейную фабрику здесь, в Америке. Ради так сказать фана.

Парень, сидевший на стуле, не спинке которого висела куртка, сидел ко мне в полоборота, так, что я видел его профиль с открытым лбом и коротко поджстриженным ежиком темных волос. Внимательно всматриваясь в его лицо, на мгновение мне показалось, что где-то я уже видел его; вроде из туманного далека проступали черты, которые запечатлелись в моей памяти детскими чертами ребенка и трансформировались в лицо взрослого человека. Лихорадочно заработала память, как в компьютере, когда вызываешь нужный тебе вебсайт: мелькают какие-то цифры и через мгновение ты видишь страницу которую ты ожидал увидеть. Так и в моей памяти всплыло личико мальчика из далекого прошлого. Это было двадцать лет назад, в Чикаго.

Мои давние приятели, с которыми я был знаком еще по Нью-Йорку с времен так называемого конфетно-букетного периода, когда мы только прибыли в Америку из нашей разваливающей страны и почти два месяца проводили в праздном времяпрепровождении: посещение музеев, встречи с любезными людьми в общине и синагогах, встречи даже с сенаторами и президентами различных обществ о которых мы и понятия не имели, обилие вкусной и в больших количествах еды, и просто восхитительные поездки на метро по районам Нью-Йорка, они очень хотели чтобы их восьми летний сын продолжал обучение только в ешиве, и получил хорошее еврейское образование. Но так как учебный год уже давно начался (была середина ноября), а public school находилась буквально в двух кварталах от снимаемого в рент апартамента, то он пошел в третий класс этой школы.

Мальчик с искренним возмущением говорил, почему папа хочет купить елку и поставить ее в комнате на Новый Год; почему мама покупает свинину и, хотя готовит из них вкусные котлетки, и папа мог съесть сразу десять штук, мальчик к ним не притрагивался; почему ему раньше, когда они жили в Синсиннати, мама всегда одевала маленькую ермолку на голову, а сейчас он сам ей напоминал, а то она забывала всякий раз надеть.

А объяснялось это тем, что последние два года, до переезда в Чикаго они жили в городе Синсиннати и ребенок посещал еврейскую школу – ешиву под названием Yavneh Day School. В Синсиннати была богатая еврейская община, да и сейчас наверно она не бедствует, и поэтому ребенка взяли в школу. Очевидно еще сыграло свою роль и то, что это новоприбывшая семья имела льготы как беженцы и ребенок мог ее посещать совершенно бесплатно. Он уже хорошо говорил и писал на иврите и дома учил своих родителей, что надо делать когда наступает пасха, что на Хануку ему полагается ханука-гельт; мама купила ему маленькую ермолочку и он щеголевато надевал ее и носил, когда приходил в школу или когда они ходили к кому-нибудь в гости. Родители умилялись и им было очень приятно, что он в отличие от них (какому еврейству можно было обучиться в СССР живя в семье своих абсолютно нерелигиозных родителей) будет знать историю, законы, религию и будет иметь настоящую еврейскую душу, которая дается каждому   еврею при рождении.

Теперь, когда жизненная необходимость заставила эту семью вновь мигрировать и переехать в Чикаго, они предполагали, что их сын продолжит обучение в ешиве, благо, как они знали, в Чикаго есть несколько очень хороших школ.   Их наивность по поводу продолжения обучения их сына в ешиве, не была основана на легкости достижения того, что им предоставлялось в первое время, которое они жили здесь, как беженцы.   Они уже понимали, что за все надо платить, а обучение в ешиве было платное, и они настойчиво готовились к этому: и муж и жена еще в Синсиннати брали   классы   по   обучению   специальности,   по   которой намеривались   работать   в   большом   Чикаго,   чему   не   было возможности в маленьком городке, каким был Синсиннати.   Они также не отдавали себе ясного отчета в том, что и еврейсие школы и   прочие   подобные   учреждения   подчиняются   экономическим законам страны; но они все же подсознательно надеялись, что люди, которые занимаются обучением еврейских детей, впервую очередь заинтересованы в том, чтобы евреи не исчезали духовно и не так стремительно ассимилировались среди других народов, и что «русские» дети, приехавшие из России также будут иметь возможность как и их сверстники родившиеся в США, получить полноценное еврейское образование.

Все их усилия и стремление определить сына в ешиву, настойчивость с которой они старались преодолеть все стоящие препятствия, были мне известны, так как почти ежедневно вечерами мы обсуждали и обменивались дневными новостями, или у меня или у них на кухне, по старой совковой привычке все обсуждалось на кухне, благо наши апартаменты, которые мы снимали, находились в одном четырех-этажном доме, построенном еще в начале двадцатого века, шведами, как нам говорили старожилы дома. Все их переживания, отчаяние, временами непонимание всем происходящим, выливались горечью и разочарованиями, и они делились со мной, находя понимание и поддержку с моей стороны.

Толстый человек с рыжими волосами на голове и на коротких пухлых руках, вкрапленными между волосиками мелкими веснушками, достал тонкую книжку из масивного, видавшего виды шкафа, и подал ее мальчику. «Читай», признес он по-русски. Тот быстро, предварительно взглянув на сидящих поодаль родителей, начал. Книжка была написана на Hebrew (Иврит) и ребенок старался четко произносить слова с еще большим нажимом чем полагалось, давил на шипящие, которые создавали определенный

колорит этому древнему языку. Толстяк одобрительно тряс

головой так, что маленькая ермолка на копне его рыжих волос,

дрожала и медленно сползала на затылок, и он должен был часто

поправлять ее, придерживать и возвращать на место. Время от

времени он говорил «хорошо» по-русски, но все же с акцентом в

котором слышались нотки смешанного иврита и английского.

Закончив читать, мальчик посмотрел на толстяка. Тот перевернул

несколько страниц и снова произнес: «Читай». Экзаменуемый

также уверенно и бодро прочел то, что его просили. Закрыв

книжку, толстяк встал и подошел к стене, жестом пригласив

ребенка, чтобы он тоже прошел с ним. Указав на картинку,

которая была приклеена цветным тейпом   он попросил

объяснить что нарисовано. На картинке были нарисованы мальчик

и девочка, которые крутили волчек с цветными картинками на его

квадратных боках. Даже родители которые все это время сидели и

внимательно следили за экзаменом, уже знали, что это картинка

посвящена Хануке, которая очень скоро должна наступить. С

каким-то блеском в глазах ребенок точно и быстро объяснил

толстяку все, что он знал об этом празднике. Объяснил он все на

чистом английском языке. Вернувшись назад к столу и погладив

ребенка по головке, он обратился к родителям по английски: «А куда, в какую школу вы ходили?» Отец назвал ешиву, где они были два дня назад и где секретарь – очень серьезная женщина в черном парике сказала, что стоимость обучения за год 18,000 долларов и, что они должны внести половину этой суммы немедленно чтобы ребенок начал ее посещать. «Да, это дорого. А вы работаете?» задал он вопрос. Родители стали объяснять, что они как две недели переехали и сейчас усиленно ищут работу и были уже   два раза на Бирже Труда   где им обещали помочь. «Да, вы очень поторопились не решив вопрос с работой, когда решили переехать», произнес рыжий, мешая английские и русские слова. «А из какого вы города в России?», неожиданно спросил он меняя тему разговора. Услышав название города, толстяк за все время впервые улыбнулся: «Вы знаете мой отец жил там. Когда из Польши евреи попали в СССР, Сталин послал их туда... Там такая грязь, пыль... я помню, я родился там». Он помолчал. «А когда вы приехали в Америку?», решил поддержать разговор отец мальчика. «О, в 1946 году, мне тогда было четыре года». «У Вас хороший русский», одобрительно отозвалась мать ребенка. «Э... не очень» - произнес рыжий. Помолчали. «Sorry» произнес рыжий, медленно вставая со стула и опираясь левой рукой об стол, встав, направился к многостворчатой деревяной ширме, всей своей длиной створок соединеной между собой дверными шпингалетами, разделявшей комнату на две половины, и исчез за ней. Очевидно за ширмой находилась дверь в другую комнату или наружу, так как посетители слышали скрип открывающейся двери и затем мягкое шуршание, очевидно нижней части двери о половицу.

За ширмой было тихо. Они огляделись вокруг. Содержимое этой полукомнаты состояло из ряда полок друг над другом, на которых были расположены книги, но не аккуратно стоящими, образующие сплошную линию, ряд, а в разброс лежащие одна на другой и между которыми было видно дерево пустующих полок. Стоял массивный шкаф, также за стеклами дверцы которого виднелись книги, стол за которым недавно экзаменовали их сына. Окон небыло, но на противоположной стене от полок было приклеено множество картин, и большой портрет Любавичского ребе. Четыре стула – два у стола и два на котором сидели наши посетители. Вся это мебель комнаты, очевидно уже была в употреблении очень давно или привезена из магазина «second hand», и только не покрашенные книжные полки вдоль стены, придавали какой-то "модерн", который был в моде в семидесятые годы. Вся это полукомната напоминала, если поставить 8 -10 рядов деревяных скамеек, маленькую комнату, именовавшаяся синагогой в их городе, в котором они жили до приезда в Америку. А может также впечатление усиливало то, что это была в общем-то синагога, где девяносто процентов посетителей составляли бывшие советские граждане. Но эта сенагога находилась в США и конечно же она имела не только эту одну комнату, а еще и другие.

Вскоре из-за ширмы появился Рыжий и вскоре с ним был высокий моложавый человек с очень распологающей внешностью, с рыжей бородой, в очках. Это был рабби синагоги, по фамилии Носик. Обменявшись приветсвием (Шолом), стоя, не садясь, коротко взглянув на стоящего рядом мальчика он с улыбкой произнес: «Моше сказал, что ваш мальчик отлично читает книжки и знает еврейскую историю» - он говорил по русски, много лучше чем его работник, и распевность, мягкость тембра выгодно отличала его от Моше. «Как тебя звать?» обратился он к ребенку по английски. «Юджин». «Хорошее имя, еврейское», с легкой усмешкой сказал он и обратившись к родителям произнес: «Синагога не может финансово помочь, вы должны сами оплачивать обучение сына». «Мы не просим чтобы вы нам финансово помогали, мы только просим чтобы вы помогли, чтобы ребенок начал ходить в ешиву, а мы сами будем платить в течение ближайшего месяца, мы начнем работать и все будет «О.К.» ввернул ходовое слово отец. «Куда они ходили? В какую школу?» - задал вопрос обращаясь к Моше рабби. «К Гудману». «Нет, пошли их к Ватштейну». Он обязательно должен стать настоящим евреем, мягко по-русски произнес рабби и подал поочередно руку родителям и ребенку, обратился к отцу: «Все вопросы, которые могут быть, обращайтесь к Моше, он в синагоге отвечает за работу с детьми, и что-то сказав на хибру Моше он скрылся за ширмой. «Я пошлю вас к Ватштейну, там хорошая ешива. Это немного далеко, но там меньше надо платить. «Может вы дадите какую-нибудь записку к нему?», вспомнив обычный метод в Союзе «по-блату» спросил отец. «Я сделаю ему звонок», и подавая руку по очереди всей троице он проводил всех до дверей. «А адрес, адрес?» уже за порогом вспомнила мать. Рыжий вынул из нижнего бокового кармана пиджака визитную карточку: «Здесь его адрес и как доехать», и протянул ее отцу и, повернувшись направился в глубь комнаты к ширме. Медленно, закрывающаяся за посетителями дверь, скрепя, постепенно закрыла собой на стене портрет Любавичского ребе.

На следующий день, в начале десятого утра, сын с родителями вошли в коридор ешивы. Школа находилась в пригороде Большого Чикаго, и почти два часа они добирались до нее сделав три пересадки с автобуса на автобус, потратив на билеты немалую для них сумму. Пройдя весь коридор, не очень освещенный, они уткнулись в дверь с табличкой 'Private' - приемная. Войдя во внутрь они узнали, что директора нет и будет он через часа полтора. Оставалось ждать. Выйдя из приемной, они проделали обратный путь по коридору и очутились на широком полукруглом бетонном крыльце, через который недавно входили.

Спустившись по двум ступенькам, выщербленным в нескольких местах, они повернули направо и через деревяную калитку вошли во двор. Большое поле, покрытое искусственной зеленой травой, видимо это быо что-то вроде небольшого стадиона, было пустынно. Ступив на траву, обувь сразу становилась мокрой; ночью прошел дождь, да и сейчас с неба сыпалась мелкая крупа дождевых капель. Искуственная трава не поглощала воду и не давала ей впитаться в землю и лужицы воды, скрытые в ее зелени сразу же обволакивали обувь. Было довольно холодно и чувствовалось дыхание снежной кутерьмы, и хотя ребенок был одет в теплое пальтишко, боясь его простудить они вернулись назад в здание.

Проходя опять коридором, они уже более внимательно оглядывались по сторонам и невольно сравнивали школу с той ешивой в Синсиннати. Она была конечно гораздо беднее. Поблекшая отделка стен, не очень аккуратно наклеенные рисунки детей на стенах, выглядели довольно пасмурно. Не очень яркое освещение еще более усиливало это впечатление. Хотелось уйти из этого места, но надо было дождаться директора. Отворив боковую дверь в стене они попали в небольшой холл: здесь стояли мягкие кресла , на столике из красного дерева лежали толстые книги, на обложках которых были нарисованы герои древности одетые в греческие и египетские одеяния: они уже видели подобные книжки для детей – их приносил сын из ешивы еще в Синсиннати. Большая квадратная пластиковая панель на потолке рассеивала мягкий люминесцентный свет вокруг. На душе становилось спокойнее и менее тревожно.

Прошел час, директора не было. Проходившая мимо миловидная девушка, на вопрос не знает ли она когда будет директор, ответила, что он поехал по делам связанных с оформлением каких-то важных бумаг и должен скоро вернуться. Прошел еще час, директора не было. Ребенок начал капризничать и просить кушать. Группа ребят лет 8 -10 прошла мимо, и повернув в сторону уже знакомой двери, пошла вдоль коридора. Троица поспешила за ними, надеясь, что они идут в буфет или туда где можно поесть. Время было как раз обеденное. Пройдя весь путь – сначала знакомый коридор и следуя за детьми, свернув направо не доходя приемной директора, направилась прямо, минуя ряд закрытых дверей с прикрепленными к ним табличками – очевидно это были классы школы, вошла действительно в кофетерию. В буфете кроме картофельных чипсов, мелко нарезанных кубиками желтого сыра с воткнутыми в них острым концом тонких палочек, и баночек пепси-колы, ничего не было. Постояв в нерешительности, они решили пойти в приемную и узнать не пришел ли директор. Узнав что его нет и, что завтра он обязательно будет к десяти утра, они направились к выходу с непременной уверенностью, что завтра они его застанут.

К вечеру погода ухудшилась. Поднялся ветер, в небе появились снежные пушинки и ложась на асфальт с многочисленными выбоинами, образовывали бело-грязную жижу. Решили завтра ехать без ребенка, оставив его у близких приятелей, живших в двух кварталах от них. Выйдя на улицу и попав под сильный ветер, закрывая с двух сторон телами ребенка, быстрыми пробежками с частыми замедлениями добрались до лестницы, ведущей на второй этаж двухэтажного дома, обитого снаружи досками. Над лестницей не было никакого навеса и ступеньки ее были коричнево влажными и местами белыми от падавшего на нее гонимого в бок ветром снега.

Узнав цель их поездки на завтра, приятельница с удовольствием показывая на двоих своих детей – мальчика и девочку лет 9 – 10 произнесла: «Вот, ходят в public school и очень хорошо, рядом, тепло, кормят и ничего платить не надо». Сев на диван, и сразу провалившись в него так, что колени оказались сразу на уровне лица с какой-то застенчивастью и налетом стыдливости, отец стал говорить что хорошо бы если дети будут знать историю, язык, обычаи и это, в конечном счете, воспитает в них и более уважительное отношение к нам радителям, они будут в какой-то мере ограничены от влияния улицы и всего негативного, что они уже видели за время жизни здесь, среди молодежи. «Все зависит от того, как вы их будите воспитывать, а что среди евреев нет пьяниц?» «Нет, мои дети без моего разрешеия не станут гулящими, наш отец их просто убъет» - смеясь заключила приятельница. Поняв, что на эту тему нет смысла говорить, перешли к общеэмигрантным проблемам.

Выйдя на следующий день рано утром, рдители перед выходом из дома решили позвонить в синагогу, где несколько дней назад они были и говорили с Моше и Носиком. Но на длинные гудки в трубке после короткого молчания, приятный голос просил оставить сообщение. Они хотели узнать говорил ли Моше с директором ешивы, и набирали номер несколько раз. Но тот же голос повторял одно и тоже: «Оставте сообщение». Оставили. Проделав тот же путь на автобусе что и накануне, они вошли в уже знакомый коридор. Директор удачливо был в школе. Предупредив секретаршу о своем приходе, стали ждать.

Директор вскоре вышел из своего офиса. Это был довольно молодой мужчина коротко подстриженный с лысыватым от середины черепа до начала лба пространством на котором располагалась ермолка с полосами образующими круги разного диаметра. Посетители встали, думая что он пригласит их в кабинет. Директор быстрыми шагамиподошелк ним: «What income do you have?». Выслушав их сбивчивыи , не очень грамотный английский, он молчал. Это не предвещало ничего хорошего. Дальнейший разговор подтверждал это. «Но вы должны понять что наша школа «частная» и родители должны платить за обучение детей». «А рабби Мойша звонил вам?» - выдавил из себя отец. «Да, я говорил с ним. А где ваш сын?». И тут оба и отец и мать пожалели что не взяли сына. Быть может, увидя его и сразу поняв, что малыша надо взять на учебу, вопрос решился бы положительно. Объяснив, что вчера они приходили с ним и сегодня не взяли просто из-за погоды они пообещали завтра привезти его. «Не надо» - быстро ответил директор. Ответ прозвучал как окончательный приговор. Весь дальнейший монолог родителей приобретал просительно-унизительный оттенок. Они чувствовали, что ни то, что у них обоих уже назначено интервью по поводу работы, и что сразу же они будут вносить деньги за учебу сына и что они могут принести письмо – поручительство от родственников; все это человек в ермолке выслушивал молча и, изредка весело кивая головой, произносил «Good. Very Good.».

Неожиданно на столе у секретарши зазвонил телефон. Коротко, что-то произнеся в трубку, она протянула ее глядевшего на нее директора. Тот подошел и взял трубку. Говорил он долго на иврите, изредка карандашом, взятым со стола, перекручивая его то одним концом то другим постукивая о стол. Просители за сына стояли, неловко глядя в его сторону, и не зная как поступить, но решили дождаться окончания разговора. Окончив разговор и , положив трубку на корпус телефона, он вернулся к ним. «Товарищи» вдруг произнес он, коверкая слово, по-русски «правильно?». Это он произнес по английски. Вежливо улыбнувшись родители закивали головами. «Я дам вам телефон, вы позвоните, там вам могут дать грант на учебу сына». Он взял листок бумаги со стола секретарши и написал номер. «Там дают новым эмигрантам» - это филиал еврейского агенства. «Позвоните туда.». «Но ребенок пропускает уже больше двух месяцев, а бумажная волокита займет еще много времени» - произнесла мать. «Возьмите займ, одолжите у родственников. Я ничем не могу помочь сейчас» - глядя в сторону и поочередно подавая руку обоим он давал понять, что разговор окончен, проводил их до двери и закрыл ее. «Даже не предложил сесть. Гад.» - со злостью

17

произнес отец, идя по темному коридору. Направляясь к остановке автобуса лица новых американцев выражали смесь злости, оскорбленных чувств и ужаса перед будущем.

Учебный год уже давно шел, а юный американец сидел дома и ждал когда жа он пойдет учиться в ешиву. Днем и иногда по вечерам он доставал книжки, которые ему подарили еще в Синсиннати, листал страницы и перечитывал то, что он давно уже знал. Через окно их квартиры на четвертом этаже было видно как по утрам группы школьников (лет по 7, 8. 9 и немного старше) идут в школу, в public school, которая располагалась совсем рядом от их дома, где они снимали жилье. Мать смотрела на сына и невеселые чувства овладевали ею. Как, почему ее сын не может пойти учиться и продолжать учебу. Неужели доллар всесилен над людьми, до такой степени, что неистребимая вековая тяга поколений евреев не растерять свою идентичность, стремление знать язык своих древних предков, встать в один ряд с другими народами, среди которых они живут, которые знают свой язык, свою культуру, будь то русские или американцы или кто-то другой. Этот доллар стоит преграждая путь евреям стремящимся к этому. Доллар стоял на пути ребенка в школу.

Конечно же ее сын не поднимался до таких обобщений, но все же однажды глядя на идущих по улице детей спросил: «Мама, когда я пойду в ешиву?». «А разве тебе плохо дома?». «Скучно. Все книжки перечитал по два или три раза, новых вы не покупаете.». Помолчав добавил: «Я хочу ватрушки, в Синсиннати тетя Шана такие вкусные делала, я по черыре сразу съедал, а Маттвей и по пять даже. Играли... а во дворе ешивы были горки, я скатывался с них». «Так и здесь мы ходим в парк, ты катался» - ответила мать. «Здесь они на улице все грязные и мокрые, а там нет». Подойдя к окну и показывая на проходивших около дома ребят, спросил: «Хочу в школу, почему они ходят?». Она ничего не ответила.

Наконец выдался теплый день. Тучи расползались, точно проветривая небо, наверху растворялись окна и потоки теплого воздуха, смешивался с запахом исходящих из пекарен кафе и ресторанов, во множестве окружающие этот район, вызывали желание съесть что-либо из средиземноморской кухни. Путь до public school они проделали за считанные минуты. Юджин держа за руки отца и мать идущих с двух сторон от него, выгибаясь всем своим телом тянул их вперед. В ярко освещенном файе школы, прямо напротив высокой массивной входной двери в большой раме на стене на них глядел Эйнштейн;

седые волосы, как маленькие змейки разбегались на его голове. Глаза смеялись, а крупный язык смешливо высунутый изо рта, как будто призывал: дерзайте и вы достигните чего я не смог.

Под портретом располагался стенд с номерами комнат и фамилиями учителей и персонала школы. Найдя «менеджмент» и сообразив куда им идти они двинулись вдоль коридора.

Войдя в приемную дирекции они спросили может ли их сын посещать школу. Черная секретарша, узнав возраст ребенка направила их в класс, который распологался на втором этаже. Поднявшись по лестнице они нашли табличку с нужным им классом и вошли в открытую дверь. Класс был пуст; уроки уже кончились и детей в классе не было. Оглянувшись по сторонам они увидели в углу комнаты женщину, стоявшей у окна и глядевшей в него. Медленно обходя столики-парты, они направились в ее сторону. Почувствовав или услышав шаги , женщина обернулась и пошла навстречу. Поприветствовав друг друга и осведомившись о цели их прихода, лицо женщины расплылось в широкой улыбке, так что и без того широкий ее нос стал еще шире. Сказав что она учительница в этом классе и назвав себя, выслушав, ответное представление она пододвинула два стула стоявших у ее учительского стола, предложила сесть. «Как тебя зовут бой?» обратилась она к ребенку. Ребенок ответил. Родители рассказали, что их сын закончил два класса ешивы, что они приехали из Синсиннати и что теперь он хочет учится в их школе, и живут они совсем недалеко.

«Good, welcome!» - женщина, широко развела руками, как бы показывая радость и гостеприимство. Учительница объяснила, что нужно принести с собой для занятий, в какое время начинаются уроки. Подробно ответив на вопросы родителей, касающихся условий учебы, поинтересовалась: «С какой страны вы приехали? О... у нас много ребят из России, в этом классе учатся два мальчика – Сергей и Алекс. Очень хорошие ребята.». Тепло, распрощавшись и сказав напоследок «Back to school» она проводила всех до дверей. Узнав у секретаря, какие нужны документы и справки, получив необходимые бумаги для заполнения троица направилась к выходу.

У самого выхода они увидели полную молодую женщину с девочкой, примерно такого же возраста что и их сын; они говорили по-русски. Поприветствовав друг друга узнали что девочка с начала года посещает школу и что мать девочки очень довольна школой. А пришли в этот неурочный час, чтобы отдать недостающую справку. Возможно что Юджин будет ходить в класс в котором учится девочка. Распрощавшись вышли на улицу. Это был известный район Чикаго. Длинная улица, пролегающая вдоль района под названием · Диван как и Brighton Beach в Нью-Йорке стала обиталищем многих эмигрантов, не только из России, но из многих других стран.

На Диване и на сбегающих от нее маленьких улочках , одним концом упирающихся в нее и, продолжаясь с другой стороны дороги в одно и двух, а изредка и в четырех этажных домах и аппартментах стало жить много людей разных религий, культур, мировозрений. Вместе с местными евреями-американцами которые жили в этом районе еще с прошлого девятнадцатого века они создавали ту ауру, ту атмосферу, тот климат человеческих общений, отношений, который был свойстенен многим районам больших американских городов.

Приближался «Thanksgiving Day» этот американский праздник очень нравился русским эмигрантам. Его основа – гостипреимство, благожелательность, стремление помочь людям, которые проявили исконные хозяева земли американской – индейцы, по отношению к пришедшим к ним европейцам является животрепещущим примером для всех и каждого в отдельности человека. И празднование этого дня новые американцы и не только бывшие европейцы но и прибывшие с других частей света охотно присовокупили к своим традиционным-светлым праздникам, которые отмечали раньше и продолжают отмечать здесь в Америке.

Созвонившись с приятелями и решив, совместно отметить праздник на квартире у них, поровну распределив все затраты на всех присутствующих наша троица с назначенному часу прибыла к уже знакомому дому. Стол был богато накрыт по-русски с всевозможными закусками, бутылками вина и водки, с кулинарными изделиями, показывающие умение хозяйки и ее стремление удивить гостей мастерством по этой части. Индюшка в духовке доходила до нужной кондиции, о чем свидетельствовал аромат, разлившийся по всей комнате.

Среди гостей они увидели женщину, с которой столкнулись в дверях школы не так давно. Она была с мужем и дочкой. Тепло поздоровавшись со всеми – две другие пары они видели впервые, стали рассаживатсья за столом. Детям был накрыт отдельный столик. Почти все дети – три мальчика и две девочки, пришедшие с родителями были примерно одного взраста. Немалое внимание всех присутствующих и детей и взрослых произвела цветная ермолка на голове Юджина. «Да он у нас настоящий еврей с пафасом и улыбкой на лице, видя иронично - одобряющие взгляды присутствущих произнесла Аня «И умеет читать и писать на еврейском», добавил Гриша. «И зачем оно ему надо? Оно что пригодится? Только голову забивает, ни к кому не обращаясь, скороговоркой выпалила хозяйка, раздвигая тарелки с закусками на столе и освобождая место для огромного блюда с индюшкой, Коричневая корочка шкурки, которая лоснилась пленкой жира. «Вот смотрите, какой стол накрыла и без всякого еврейского». «Хвалим, хвалим» - ответил кто-то из мужчин и смешно облизнулся. Все уселись за стол и наперебой стали говорить что они знают об этом американском празднике. После первых выпитых рюмок водки, немного закусив, атмосфера некоторй напряженности присущей людям, впервые оказавшихся за одним столом, исчезла и пошел обычный треп: об интервью по поводу работы безработных, о работе работающих, об учебе в местном колледже, учащихся. «Да, получил письмо от тети Софы из В-инницы , ситуация -жуть пишет, все сильно подорожало; Алик, ее сын, не работает, прачечная где работал закрылась, мужчина, обращаясь к хозяйке перевел взгляд на всех остальных «И что интересно, ее внук, помнишь Димка, пошел в школу, которую открыли евреи из Америки - Джойнт Набрали класс в десять детей и учат. Возвращают, так сказать к своим традициям. Сильно помогают продуктами тем кто остался, не уехали. Хохлы говорят: «Евреи молодцы, всегда своим помогают». Пишет, что страшно становится, но пока, пишет, все тихо. И вроде бы еврея выбрали головою города.». «Да, кто там остался, единицы и старые люди. Я тоже переживаю за маму, представляешь, – одна, посылаю ей сто долларов, когда сэкономлю с пособия, женщина поставила на стол только принесеннꞌую тарелку «Попробуйте паштет по-украински.». «Да я читал Джойнт – особое внимание уделяет сейчас в Союзе системе еврейского образовани, начиная с детских дошкольных учреждений до высших учебных заведений, – продолжил тему начатую моложавый мужчина с резкой просидью, сидевший рядом с отцом Юджина. «Не знаю что у них получится, молодежи почти не осталось, выброшенные деньги. Лучше бы помогли тем, кто приехал сюда и хочет возвратиться к традициям» – смеясь балагурила хозяйка стола. «Вон, у нас филиппок рвется в ешиву, а его не пущают», ставя новую пластиковую бутыль пепси вместо выпитой, на детский стол она ласково поправила кипу на головке ребенка.

«А вы что хотите чтобы он пошел в ешиву?» – обратился мужчина с проседью в волосах к родителям Юджина. «Да, конечно. Он же уже учился в ешиве, почти два класса закончил...». «Ну и что?» - произнес мужчина ожидая дальнейшего продолжения. «Ну это было в Синсиннати. Так сложилось что мы должны были переехать сюда, в Чикаго.». «Здесь живет вся родня», добавила жена, перебивая мужа. «Новая эмиграция?» с ухмылкой произнес седовласый.. Ну и что?». «А здесь его не берут, так как мы еще не работаем а за учебу надо платить.». «Да пейсатые бесплатно его не возьмут», вставила хозяйка стола после очередной рюмки водки. «А что хорошего в этой ешиве?» вступила в разговор женщина, сидевшая напротив родителей Юджина. «Вот мой Сэм ходит, првый год, взяли так как мне повезло и меня взяли на работу в книжный склад. Хозяева религиозные евреи. Хорошо что еще ешива сагласились первые полгода брать с меня помесячно. Все равно ничего не остается даже платья приличного себе купить не могу. Вот ношу что еще привезла с Союза». Она слегка выдвинула вперед грудь демонстируя ее, плотно облегающее красивой расцветки платье, наверняка купленное в России за немалые деньги.

«А платят как, много в книжном складе ?» - спросил кто-то из сидящих за столом. «Во как», женщина сделала фигуру согнув правую руку в локте, а левой легонько стукнула себя по кисти. «Вон Рая, отдала дочку в public school и ничего», продолжая она кивнув, в сторону женщины уже знакомой родителям Юджина. «Ну она девочка, им не обязательно ходить в ешиву», откликнулся кто-то из гостей. «А там совсем не плохо» - отозвалась Рая. «За детьми смотрят, хорошие учителя, Юльке нравится.» - она посмотрела в сторону дочери сидевшей за детским стликом и о чем-то говорившей с Юджином. «Не бойтесь, пусть ходит», она обратилась к родителям Юджина. «Вы с кем говорили, учительница такая черная, полная? Ну и Юля ходит в ее класс, все будет хорошо» - успокоила она их.

Вечер прошел очнь хорошо, вспоминали прошлое житье в Союзе, говорили о новых впечатлениях, о красивом даунтауне, о том кто что где вычитал о новых позициях насчет работы в газетах.

Провожая гостей и распрощавшись со всеми уже на лестничной площадке хозяйка вдруг спросила «Зачем на мальчике кипа ?» Здесь много хулиганов и не каждый относится к еврею хорошо». «Но в Синсиннати он носил кипу и ничего... И всетаки мы хотим еще попытаться чтобы он продолжил учебу в ешиве. В конце концов мы все же в Америке а не в России», уже не с такой уверенностью в голосе отвечали они. «У них наверняка есть много денег или есть свой бизнес», обратилась она к рядом стоящему своему мужу, изрядно поддатому и еле стоявшему на ногах, и державшегося за перила лестницы «Перестань так сказать, ты не на Привозе , здесь, United States of таки - America и тайна вкладов в банк охраняется законом» - фальцетом пропел он и посмотрел на жену. «Мы тоже хотели чтобы наш Мишка получил хорошее еврейское образование, но его не взяли так как когда мы приехали, у нас небыло таких денег» - продолжала она, повернув лицо мужа рукой в сторону от себя, от которого сильно разило спиртным. «Их нет и сейчас» - весело добавил тот. «Пусть идет в public ....» - настаивала приятельница. «Да мы были в школе, нам понравилось, правда там много черных и мексов». «А вы что расисты?» - вставил ее муж. «Нет конечно.» - вместе ответили Аня и Гриша. «Даже не думайте, пусть ходит в public. А выпячивать здесь в Америке, что ты еврей, тоже не везде безопасно... ну не так как в Союзе было.». «Да конечно не так» - отметился ее супруг, и добавил: «А где нас любят?». Расцеловавшись и попрощавшись гости вышли на улицу.

Весь путь назад они прошли молча. Дома снимая с ребенка пальтишко, ботиночки, теплую меховую шапочку, и задержав кипу в руках мать с какой-то нерешительностью в голосе произнесла: «Знаешь, Юджин пока не надевай ее когда идешь на улицу или к кому-нибудь в гости. «Почему?». «Ну так пока не надо, все равно сейчас холодно и ты носишь теплую шапку. «Ну и что, а под ней я буду носить кипу», спокойно ответил сын. Родители переглянулись и промолчали. «Почему он возразил тебе , когда ты сказала что не надо носить кипу?» - уже позже лежа в постели спросил муж жену. Ты думаешь что он понимает что он еврей и эта кипа как-то олицетворяет это?». «Не думаю, просто он помнит как ему было хорошо и весело в ешиве в Синсиннати. Вкусные чипсы еда, мороженное. Ты помнишь как они всем классом ездили в парк «Disney World». Катались на качелях, каруселях и везде он был с кипой на голове. «Да, но в public тоже детей кормят и наверное водят на всякие увеселительные мероприятия.». «Да, но он пока этого еще не знает». Все эти мысли тревожили родителей и они никак не могли настроиться на нужную волну, возбуждающую и убаюкивающая людей в это время суток.

Твердо решив, все же, осуществить свое намерение и определить сына в ешиву на следующий день Аня с Гришей направились в синагогу, чтобы еще раз встретиться с Моше. Его не оказалось на месте. На каком этапе их хлопоты, продвинулось что-то, говорил ли Моша по их вопросу с директором ешивы, никто в синагоге ясного ответа дать не мог. Следующий день была суббота и он обязательно дожен быть в синагоге. Все же в этот день они еще дважды звонили из дома, но как и до этого отвечал автоответчик и просил оставить сообщение

Заведя ребенка утром к преятельнице, и напутствуемые её красноречивыми движениями указательного пальца у своего виска, они двинулись вперед. В синагоге шла субботняя служба. Найдя свободное место в последнем ряду Гриша сел на скамейку и предворительно взяв нужную книгу, и открыв нужную страницу, любезно указанную ему рядом сидящим мужчиной оглядел зал. Жена прошла в женскую часть зала. Моше сидел в первом ряду, уставившись, в книгу что-то выводил губами. Раббай Носик, стоя лицом к залу у маленькой трибунки, читал еженедельную главу из Торы, пояснял ее на русском языке. Затем начал свое недельное выступление. Тему, как правило, выбирал сам, исходя из текущих событий и связав его с историческими описываемые в Торе. Было видно, что все что он говорил исходило из его души, было искрене и близко ему.

А говорил он, чтобы евреи не забывали своих корней, чтобы любили Израиль чтобы чли заповеди Торы и чтобы чаще приходили в Синагогу, а нетолькопо субботам и чтобы приводили своих детей.

После службы как обычно, были накрыты столы и довольно скромная еда была выставлена на них. И как обычно на столах было красное вино « Манишевич » Возможно в других синагогах вина не было на столах, но это все же была русскоеврейская синагога. Моше вместе с другими членами общины выпивал стаканчик за стаканчиком и оживленно беседовал с сидящими рядом мужчинами. Сидел он во главе стола рядом с раббаем и уважаемым членами синагоги — ее активом и членами руководства. Увидя, освободившейся стул напротив Моше на противоположной стороне стола Гриша сел, делая вид что внимательно слушает о чем говорят мужчины. Было видно что Моше в хорошем настроении и вино положительно действует на него. Разлив очередную порцию вина по сталинским гранёным сто граммовым стаканчикам, Моше со знанием что говорит, произнес: «Хорошее вино» и лукаво добавил «Придет ли Мошиях или нет, а вино очень хорошее, а идн? Лахаим.» и опрокинул в себя пол стаканчика.

Дождавшись когда все прихожане стали расходиться, желая друг другу «Шаббат Шолом» и хорошей недели Гриша подошел к Моше; со своей женской половины подошла Анна. Поздравив его с субботой и напомнив о себе, своем сыне и их деле, выдав что ребенку надо идти в школу и что он отстанет в учебе если на днях не начнет учебу. Моше рассеяно глядел на них. «Вы Лившиц?» спросил он. «Нет я не Лившиц». «Как ваша фамилия?» Мать и отец одновременно назвали ее. Он помолчал и по его веселенькому лицу было видно, что он даже и не старался вспомнить. Родители еще раз повторили сказанное. «А, да... да...» отозвался он. На следующей неделе я занят, у меня два бармитцва и один батмицва, а через неделю в понедельник утром давайте встретимся. «Good шабес » и он улыбаясь протянул руку ладонью вверх, поочередно, отцу и матери.

Выходя через широкую двухсторчатую дверь синагоги, Гриша и Аня ступили на пешеходную дорожку улицы, пролегающей непосредственно вдоль кирпичной стены синагоги.

Высоко над входной двери синагоги выложенной кирпичами, окрашенными в белый цвет, выделялись буквы F.R.E.E (friend of Refug ee of Eastern Europe). Почему они так стремились чтобы их сын все же продолжил обучение в ешиве, чтобы получил необходимые знания истории, религии, чтобы знал как можно больше о богатом, нелегком прошлом своего народа. Ведь собствнно говоря, какими они были евреями в СССР, ничего они не знали об этом народе и негде было об этом узнать. Те сведения, которые они плучали от своих бабушек и дедушек, еще заставшие так называемое николаевское время были очень скудны и вызывали у них, молодых, скептические настроения, какой-то отсталости, древности еврейского бытия девятнадцатого и начала двадцатого века. Даже их родители папы и мамы некоторые из которых еще прошли учебу в еврейских школах тридцатых годов до их закрытия, обладали, в лучшем случае, знанием языка идыш, а история еврейского народа подавалась им в виде скомных вкраплений в историю советского народа, преломлявшуюся сквозь призму сталинского видения ее и всеже они были евреями. Осознание этого приходило им в ту, уже давнюю по времени пору, когда они жили в советской стране и в их паспортах в третьей графе, национальность стояло – еврей, но главным образом потому что окружающие их люди по детскому саду, школе, институту, по тем организациям где они работали, их соседи, совершенно не знакомые люди с которыми они сталкивались в магазине, в трамвае, метро или просто на улице удивительным образом распознавали характерные черты в их внешности, поведении, в их суждениях по какому-либо вопросу и бысто определяли кто они есть, сопровождая характеристикой и одновременно высказывая свое мнение об этой нации и не всегда это мнение было положительным. Чаще наоборот. Так сказать окружение не давало забыть: чтобы не забывались. И кто они – прочно вошло в мозги каждого еврея. И уже не так удивительно и странно было то, что родители Юджина всеже предпочитали его обучение в ешиве с дорогой оплатой бесплатному обучению со всеми выгодами материального и морального плана в школе предоставлемой государством.

33

А между тем наступил декабрь. Собравшись мать с сыном вступили в синеву утра окутавшего их, морозного утреннего воздуха. Они шли вместе с другими мальчиками и девочками в этот ранний час в школу. Какое – то тревожное спокойствие овладевало матерью, как это бывает после мучительных размышлений и сомнений и ты приходишь к единственному решению и начинаешь его осуществлять. В очень большой комнате, вдоль стен которой были установлены, накрепко прикрепленные одной стороной к стене, металические кабины, куда дети вкладывали свои польтишки, шапочки и еще что хотели положить и закрывали их числовыми замочками, толпилось множество ребятишек. К каждой дверце был приклеен тейп с фамилией ученика. Найдя кабинку без тейпа, мать раздела сына , все вещи вложила в кабинку, поправила шерстяную ермолку на головке сына и , закрыв кабинку, принесеным из дома замочком, пошла с ним на второй этаж к его классу. У дверей она приветливо поздоровалась с уже знакомой ей учительницей, ответив ей вежливым кивком головы на ее «Welcome». Учительница, взяв за руку сына, повела его вглубь класса и усадила за парту, которая находилась в первом ряду, недалеко от ее стола. Ана, подождала когда класс заполнился учениками и стала свидетелем удивительного ритуала: заиграл гимн Соединенных Штатов и все ученики и учительница, прижав правую ладонь руки к сердцу замерли на несколько секунд и медленно шевеля губами пели гимн «God Bless America».

Образовавшиеся свободные часы она решила использовать для покупки продуктов. Сын в школе, муж поехал на очередное интервью по поводу работы, вполне достаточно времени кое-что купить, сварить обед и пойти втретить сына из школы. Войдя в автобус, она купила билет с оплаченным обратным проездом и через семь остановок очутилась в районе где обычно отоваривалась вся русскоязычная публика Чикаго. Здвсь все можно было купить немного дешевле чем в других местах. В большом овощном магазине она встретила женщину, которая была на вечеринке недавно, где они отмечали «Thanksgiving Day». Ане почему то не хотелось останавливаться и говорить – эта была та женщина у которой сын ходил в ешиву, и она чувствовала какую-то некомфортность в душе если та спросит ее о Юджине. Но женщина, еще, стоя у дальних полок с фруктами, выбирая яблоки, по-дружески стала махать рукой и с большим красивым яблоком в руке направилась к ней. «Как дела?» первый вопрос задала она и недождавшись ответа стала говорить про свои. «Представляешь вчера мои евреи меня сократили. Там работают две мексиканки со мной и хозяин говорит, что они работают быстрее чем я, быстрее упаковывают книги, сортируют в пластик и укладывают в коробки. И откуда они взялись на мою голову, ведь пришли позже меня.». Помолчав, она продолжила: «Ну ничего я даже рада, наконец займусь поисками настоящей работы, ведь я в Союзе была хорошей машинисткой. Правда здесь надо печатать на компьютере... Научусь.». Немного остыв, она задала вопрос, который очень не хотелось услышать Ане: «Как сын, пошел в школу?» Аня отвтила что, нет сегодня первый день пошел в public school. «Ну и мой сынуля пусть доходит месяц в ешиву до конца и тоже пойдет в паблик платить точем? Твой в каком классе?». «Взяли в третий.». «Ну мой чуть постарше – в пятом. Чё туда надо, ну какие бумаги?». «Ничего особенного – мед. Карту и почти все.». «Хоть избавлюсь от платежей, главное чтобы учился, здесь образование нужно» - резюмировала женщина. Какая-то неловкость первого момента прошла и Ана даже похвалила школу. «Твой в какую пошел – в Maiue South?, нам ближе в North, а они все одинаковые». «Да в этом районе не плохие школы, конечно не exelent, но ничего, вон куда пошел Юджин даже закончила Хиллари Клинтон – ее портрет там видела, среди других окончивших эту школу». «Вот видишь и из наших школ можно в люди выйти, главное удачно выйти замуж» - подмигнув сказала женщина. «Ну нам это не светит, к счастью», ответила Ана. «Кто знает? Смотри сколько педиков развелось, и здесь это в порядке вещей.». «Сплюнь» - быстро сказала Аня. Аня три раза как бы сплюнула всторону. Та улыбнулась и смачно плюнула на яблоко, все это время находившемся в ее правой руке, затем, поставив сумку на пол и, вытащив из кармашка юбки носовой платок, так растерла слюну на кожуре яблока, что то засияло зеркальным глянцем. Тепло распрощавшись и расцеловавшись, женщины разошлись по своим делам.

Купив все необходимое, Аня решила пройти две остановки пешком, благо две пластиковые сетки небыли слишком тяжелыми, а воздух был свеж и на ветках деревьев лежал редкий белый снежок, что напоминало слегка зимний пейзаж в ее родном городе Пройдя часть пути, который пролегал вдоль череды магазинчиков, ресторанчиков, офисов, расположившихся по обе стороны не очень широкой торговой улицы, Ана свернула направо на тихую улочку, чтобы, пройдя блок вдоль двух этажных, старой постройки домиков, и свернуть налево, выйти опять на улицу, по которй проходил маршрут автобуса, на котором она и хотела доехать до дома. Дойдя до поворота и свернув налево, она вышла на небольшую площадку — стоянку автомашины, с разлинованными разделительными желтыми полосами, изрядно потертыми и тусклыми от времени. На парковке стояли два довольно старых автомобиля, с проржавлеными дверями.

Ана пошла по узкому тротуарчику с одной стороны которого стояли домики, а с другой находилась парковка с двумя автомобилями. Все это пространство было пусто, ни одного человека не было. Думая о своем она почувствовала приблежающие шаги сзади. Ее обогнали два мальчика Аккуратно одетые, с маленькими торбочками они шли весело подпрыгивая с ноги на ногу, как это делают дети их возраста, было им примерно лет по 8 – 9. Прямо как Юджин, подумала Ана. На головках обоих были одеты ермолочки, из под коротких курточек побокам свешивались кисточки нарезаные из белой ткани. «Сумашедшие, такой холод, а они без шапок » - подумала она. Впрочем она не так уж удивлялась как первое время в Америке. Американцы закаляют своих детей, и как ей объяснила одна знакомая мамаша трех летнего ребенка «вырабатывают у детей иммунитет». Впрочем, это даже наверное лучше, временами думала она, но понять этого до конца так и не смогла. Мальчишки стремительно удалялись о чем-то переговариваясь между собой. Навстречу им шли двое. Вдруг, поравнявшись один из них сорвал ермолку с головы ближнего к нему мальчика и побежал в сторону стоявших на паркинге машин. Очевидно подросток, а было ему лет 16-17, не собирался убегать с сорваной кипой и стал бегать вокруг машин,

и, вытянув руку с кипои дразнил ребят, весело гогоча. Те,

побежализа ним, стараясь схватить его за руку. Он, слегка

отталкивая их, весело вертел кипой то поднимая, ее вверх, то

опуская, перебегая от одной машины к другой и все время

повторяя «Возьми». Все это происходило в десятке метров от Аны.

«Что делаешь? Отдай немедленно.» - закричала она не соображая

даже что она это кричит по-русски и он всеравно не может понять

ее.

Поигравши так, перекидывая кипу своему приятелю, который тоже

подбежал к ним, весело скача вокруг прыгающих мальчиков, он

наконец резким движением руки опустил кипу на голову ребенка,

и, как ни в чем не бывало, эти двое направились через парковку к

другой стороне улицы. Все это продолжалось не более трех минут.

Ребята тоже вернувшись на тротуар быстро стали удаляться.

Ана была в шоке, сейчас тоолько пришел испуг и, быстро побежав

в сторону остановки к которой медленно подходил автобус она

запрыгнула внутрь салона. Какой-то животный страх овладел ею.

И хотя она видела что подростки никакого зла не сделали ребятам,

и скорее всего они просто хотели поиграть с меньшими по

возрасту, и даже может быть они сами были евреями – жителями этого района, - дикость их выходки никак не могда привести Ану к спокойствию. А вдруг на месте детей был бы Юджин? Она аж вспотела от этой мысли и проехав свою остановку, решила сразу же выйти на следующей, ближайшей к школе.

До окончания уроков был еще час, и она медленно с двумя пластиковыми сетками выйдя из автобуса, медленно направилась к школе. Большие высокие ворота, сделанные из продольных и поперечных железных длинных узких труб сваренных на стыках между собой отделяли школьный двор от уличной пешеходной дорожки. Они были закрыты. Железная сетка забора тянулась вправо и влево от ворот и была высотой примерно в два человеческих роста – хорошего баскетболиста. Никого из встречающих детей, еще небыло. Анна положила две сетки на ступеньки крыльца дома, что своими двумя большими окнами и массивной дубовой дверью выходил прямо напротив ворот школы со стороны улицы и стала ждать. Постепенно этот кусок улицы, по которому проезд автомашинам был запрещен стал заполнятья людьми: это были родители, бабушки, дедушки, старшие сестры и братья, пришедшие встречать своих детишек. Постороннему глазу, не жителю этого района, и вообще не американцу, могло показаться, что оннаходиться в каком-то азиатском городе: молодые женщины и не очень, с раскосыми, узкими глазами в куртках с разрисованными на них драконами, мужчины в белых до земли рубашках с виднеющимися из под них белых штанах, похожих на кольсоны и сандалях на босу ногу. Было несколько красивых молодых женщин в индийских сари, с закинутыми за плечо длинным куском материи и поверх них те же куртки. Были же, конечно, чернокожие подростки – американцы, белые пожилые мужчины, очевидно дедушки, пришедшие встречать внуков или внучек.

Недалеко от Анны стояли две женщины и по обрывкам фраз долетавшим до нее она поняла, что это ее бывшие земляки по Союзу. То есть все эти люди, новые американцы, - эмигранты, которые и представляли из себя тот плавильный котел в котором они „варились" и из которого годами, десятилетиями, столетиями выкристализовывалась американская нация и прирастала новыми гражданами страны. В общем, в облике окружавших ее людей ничего чтобы ее беспокоило и настораживало не было. Постепенно Анна успокоилась от недавнего пережитого стресса и стала дожидаться сына. Вскоре со стороны школьного здания к железным воротам подошел мужчина – очевидно сторож, и вынув их кармана брюк ключ открыл ими большой висячий замок, накинутый на петли створок ворот. Анна удивилась, этому замку, - такие замки – амбарные – она встречала во множестве в

Союзе. «Наверное такие замки надежнее и здесь» - подумала она, особенно всего, что касается безопасности детей.

Все толпой двинулись к зданию школы, пройдя через ворота к той боковой его стене, где находилась неширокая дверь и через которую вскоре должны были появится дети младших классов. Сначала выходили самые маленькие – первоклашки, затем появились более старшие дети. Встречающие их, дождавшись своего, ребенка, уводили через ворота, кто жил поблизости, пешком домой. Некоторых детей, родители вели к своим машинам, припаркованным на соседних улицах и увозили. Большинство же детей спешили к стоявшим желтым школьным автобусам в огороженном железной сеткой – забором школьном дворе. Наконец Анна увидела Юджина и пробираясь сквозь толпу взяла его за руку и стараясь быть спокойной спросила: «Ну как первый день?». «Хорошо» - ответил он и они направились домой. Взойдя к себе на четвертый этаж, положив сетки, взяв из рук Юджина портфель, Анна снела с него пальтишко, ботинки, шапку. Маленькая ермолочка, чуть сдвинулась к затылку была на нем. С этого дня ее сын, стал ходить в public school, как большинство американских детей его возраста.

Через несколько дней сын сказал, что ее вызывает учительница. «С чего бы это?» - подумала она. Прийдя в назначенный час и зайдя в класс, поздоровалась с уже знакомой ей учительницей. Учительница сказала, что ее сын очень способный, что он хорошо конатактирует с другими учениками, внимательно слушает что говорит учительница. Уже в конце, на выходе из класса учительница вдруг произнесла, что мальчик очень хорошо и аккуратно одет, но все же она посоветовала бы что бы он в школу кипу не надевал и не отличался бы от других детей. Дети спрашивают что это за шапочка у него на голове и часто в играх на переменах срывают ее и что, как заметила учительница, это доставляет ему беспокойство и неудобство. Анна не стала ничего объяснять учительнице, а просто поблагодарила ее за время, которое та уделила ей.

Прошло два дня. Утром, собирая сына в школу, она как бы забыла надеть ему на голову ермолку; он сопя носом сидя на корточках, старался завязать шнурок на ботинке, закончив с этим, взял из ее рук меховую шапочку, надел и подставив личико, давая ей застегнуть на подбородке две металические кнопки-застежки. Затем они перешагнули порог комнаты и направились в школу. Он перестал выделяться среди других ребят - своих одноклассников.

Часть 2

Мудро кто-то из великих когда-то сказал: «Все что было в прошлом остается с нами». Другой не менее мудрый подкоректировал: «Все что было близко – удаляется». Я был в курсе всех действий, той настойчивости и страстного желания этой семьи продолжать обучение сына в еврейской школе и искренне желал им осущетвить это. Прошло двадцать лет и я забыл их и все, что происходило с ними. Я уехал в другой город и не знал о их дальнейшей судьбе. И вот увидя лицо этого уже даже не юноши, а молодого мужчины, память услужливо воспроизвела все картины той уже далекой жизни.

Компания вела себя очень шумно; каждый раз кто-то шел к стойке бара приносил очередную тарелку с бутербродами , банками колы и пепси, все это расхватывалось, пустые тарелки сдвигались к краю стола довольно не осторожно так, что одна упала на пол и разбилась; правда осколки были собраны и выбрашены в недалеко стоящий мусорный бак. Один раз поднимался и заинтересовавший меня парень и я мог видеть его лицо и был уверен, что это тот мальчик и память меня не подвела. Конечно мне было бы интересно узнать, как все сложилось у этой семьи после того как мы расстались, да и проверить себя не ошибся ли я, тот ли это мальчик, - тоже хотелось знать. Но, как это сделать – я не знал. Поразмыслив, я пришел к выводу, что к сожалению, ни то ни другое мне узнать не придется. Сложив на поднос пустую банку из-под пепси, одноразовую картонную тарелку, использованные салфетки и пустые выжатые тюбики из под соуса, я направился к мусорному баку, чтобы все это выбросить. Проходя мимо сдвинутых столиков, за которыми сидела компания, мой взгляд целенаправленно наткнулся на надпись на куртке, которая продолжала висеть спокойно на спинке стула. И тут мне пришла в голову отчаянная мысль. Постояв пару секунд у бара, я резко повернулся и направился к компании. Подойдя, молча я положил руку на куртку, которая по-прежнему висела на спинке стула, и обведя всех сидящих за столом строгим взглядом как можно строже спросил: «Чья это куртка? Ваша?» - спросил по-русски и уставился взглядом в затылок сидящему на стуле парню.

Все молчали. Я медленно стал обходить сидящих вокруг стола. Коренастый блондин в спортивной майке под ктоторой проглядывалась не хилая мускулатура, повернув лицо в мою сторону; произнес: «Простите, что Вы сказали?» - спросил по английски. Пристально, глядя ему прямо в глаза я стал медленно чеканить слова «Я спрашиваю чья эта куртка?». Парень за спиной которого висела интересовавшая меня куртка спросил:

«Какая куртка?». Спросил очень мягко и как мне показалась с иронией. «Здесь много курток» и тут я увидел, что почти на всех стульях, на их спинках висят куртки, и все они были разные, разного цвета и фасона, и не все кожанные. Я понял, что притянувшая мое внимание куртка, вернее надпись на ней буквально поглотила меня и не давала мне физической возможности заострить внимание на чем-то еще. И еще я понял, что компания, во всяком случае некоторые их них, понимают русский язык, несмотря на то, что вопрос мне был задан по-английски. Это было сто процентное мое попадание или стопроцентный промах. «Ваша?» - я показал на парня, задавшего мне вопрос. «А в чем проблема?». Вопрос вызвал во мне некоторое замешательство, но я справился с ним, хотя не так скоро как надо бы. «Вы знаете, что написано на ней?». «Что?». Опять стоило задуматья, чтобы дать точный и лаконичный ответ. «Разжигание национальной вражды между гражданами U.S.A. противиречит закону и уголовно наказуемо.» - отчеканил я по русски, хотя парень задавал вопросы по-английски. «Простите, что Вы сказали?». Я подумал, что если бы я даже сказал это по-английски, он все равно бы смысла не понял. По интонации в голосе и по удивленному взгляду, с которым он внимательно посмотрел на меня, я был почти уверен, что не мой русский непонятен ему, а именно смысл моей фразы. Я, как говорится закусил удила: «Националистические лозунги в демократической стране недопустимы» назидательно произнес я. «И если я сейчас вызову полицию, то вам придется несладко.» - продолжил я менторским тоном.

Вся компания глухо молчала, уставившись на меня. И вдруг прозвучала фраза, которую я меньше всего ожидал: «Послушай, парень, а тебе давно не давали пизды?» - это произнес тот блондин с развитой мускулатурой, и произнес он ее на чистом русском языке. Он медленно стал подниматься с своего стула. Соблюдая достоинство я медленно развернулся в сторону стеклянной двери и сделав шаг хотел направиться к ней, но тут она распахнулась и в зал вошли два полицейских. Их жирные животы колыхались над широкими пряжками ремней, на которых висели пистолеты, фонарики и по паре наручников с ключами на цепочке. Они остановились у входа, ища глазами очевидно стойку бара, где можно было заказать что-нибудь из еды, и найдя ее направились к ней. Я сделал еще шаг в сторону двери и остановился. Боковым зрением я увидел как блондин поспешно сел на место. Я неспеша направился за полицейскими. Пройдя несколько шагов, остановился и вернувшись к столу, подошел к здоровяку произнес: «Не хочу делать неприятности землякам. Это не интеллигентно. А надо бы некоторым.». Затем повернулся и с чувством превосходства направился к выходу. И вдруг услышал сзади: «Зяма, постой.». Я повернулся. От стола быстро семеня ногами ко мне приблежался мужчина. Был он примерно моих лет. Подойдя ко мне он улыбаясь и пытаясь дружески хлопнуть по плечу заговорил: « _З_ иновий ? Помнишь?». Я тряс головой. «Ну..., Я Гриша, ну Нью-Йорк, Чикаго, вспоминай.». И я вспомнил – это был отец Юджина, того парня, который напомнил мне мальчика двадцати летней давности и который сейчас сидит за столом в этой компании

Минут через 5 после теплых объятий посреди зала, на глазах удивленной компании, и не менне _е_ ошарашенные встречей, рассматривающие друг друга, Гриша потянул меня в дальний угол зала и _мы_ буквально плюхнулись в пластмассовые сиденья стульев. «Когда ты подошел, я сразу тебя узнал, особенно, когда ты стал говорить; но когда я услышал твои вопросы я, как говорится, прикусил язык. Черт его знает, может я ошибся и ты какой-то шериф или местный депутат, а когда _О_ стапчик пообещал тебе надавать и ты струхнул, а признайся? – струхнул? Но действительно, ничего не скажешь, достойно отвалил... Шо́ за дела?» – с украинским акцентом. «Или ты пошел во власть? На тебя это не похоже!». Я молчал и только улыбался, наверно довольно по-идиотски. «Слушай, а ты что с ними?» - я кивнул в сторону компании. «Вроде они гораздо моложе нас.». «С ними, с ними» - проговорил он и уставился на меня, очевидно все же *хотел* услышать мое объяснение. Я быстро объяснил, причину своего нелепого вторжения и в общем-то ничем неоправданного поступка – ведь надпись была сделана по-русски и вряд ли в этом чисто американском городе, вдали от больших мегаполисов, где скопление эмигрантов из России не малое, кто-то мог читать по-русски, когда я стал объяснять почему и с какой целью решил пообщаться с ребятами, Гриша меня перебил: «Да это он Джерри»; и тут же похвалил меня за хорошую память. «Почему Джерри?». «На сколько я понимаю он Юджин.». «Да, ты прав, но сейчас его звать Джерри! Пойдем я представлю тебя им, а то смотри они все пялят глаза, и кажется ничего не понимают.». Мы встали и подошли к компании. Объяснив всем, что я его старый приятель и «дядя просто пошутил», он обратился к блондину из чего я заключил, что тот у них как бы главный. «Остапчик, сколько еще у нас есть времени?». «Часа полтора» - ответил тот и как-то виновато и неловко посмотрел на меня. «Еще начнет извеняться» - подумал я хорошо об Остапчике и тоже изобразил что-то вроде улыбки. «Ну мы пойдем вспомним так сказать молодость» и Гриша потянул меня к столу в углу кафе, недалеко от места где сидела компания. Мы сели. Гриша не то чтобы постарел но лицо с мелкими морщинами под глазами и на щеках как-бы потускнело. Выражение глаз сочетало блеск и печальную усталость. Он тоже смотрел на меня. «Как-то не по-русски», после паузы : - «А помнишь? А ты помнишь?» произнес Гриша. После стольких лет встретившись и - за пустым столом.». Гриша привстал со стула и крикнул: «Джерри принеси нам.» и он показал в сторону окна, через стекла которого был виден паркинг со стоящими мотоциклами и машинами. Тот очевидно понял, что от него хотят и нехотя направился к выходу. Он принес двух литровую бутылку из пластикас приклееной этикеткой «Zeltzer» и спросил: «Закусывать будите?». «Давай, давай принеси.» и Гриша махннул в сторону буфетной стойки. Вскоре на столе у нас были салат из помидоров, тонко нарезаная колбаса и штук пять бэгелс – американских бубликов. «Ты знаешь кто это?» - спросил Гриша сына и сам ответил: «Он еще знал тебя когда ты был Юджин» - он дружески ткнул меня в плечо. Тот криво хмыкнул и пошел к своей компании. «Он на тебя наверное еще злится, за твои вопросы.». Гриша весело взял бутылку со стола стал наливать в стоящие на столе пластиковые стаканчики. Я догадался, что в бутылке водка – обкатаный прием эмигрантов из России – дешевле чем покупать в ресторане или кафе и на всякий случай, если в них распивать алкоголь запрещено. *Выпили.* Я быстренько ответил на вопрос Гриши – где я и что я, чем занимаюсь. Он слушал как-то рассеяно и не очень вникал, что я говорил – так мне показалось. На мои скромные успехи в жизни на новой Родине он тоже никак не отреагировал. Он выпил два стакана, я один пропустил. Понятно, что меня интересовала судьба этой семьи, после того как мы разъехались по разным штатам и в особенности то, удалось ли им чтобы их сын получил еврейское образование или вообще какое-то образование, кем он стал. Я мягко, но неуклонно настойчиво стал «вспоминать» эпизоды как они все семьей ходили по ешивам в синагогу, как переживали в связи с трудностями в достижении своей цели и в конце концов удалось ли им достичь ее. Гриша, как я чувствовал, не очень охотно старался все это вспоминать и как-то все съезжал на темы, не очень интересовавшие меня: куда они с женой ездили отдыхать, в какие страны, города и даже помню ли *то* как мы ходили на матчи с участием «_Буллз_____»? в лучшие годы этой команды. Он выпил уже три стакана водки и глянул на меня с чуть покрасневшими белками глаз; на мой риторический вопрос: о еврейской душе, якобы присутствующей в каждом еврее неожиданно ответил: «А зачем она нужна? Каждый человек имеет душу, главное – хороший это человек или нет. И лишние догмы, доставляют мучения и неудобства человеку, его душе, только осложняют жизнь. Вообще в наше время рассуждения на эту тему - анохронизм   Главное сейчас что ты имеешь так сказать какие блага и чем владеешь». Он подлил в стаканчики еще по чуть-чуть. «Давай». Мы сдвинули стаканчики, как бы чокаясь. «Благоразумие», как говорится, «лучше справедливости» продолжал Григорий. «Даже ты помнишь как мы с Аней таскались по этим ешивам в дождь, снег, холод с ребенком, а зачем? И заметь, за обучение в них надо было платить и немалые деньги и везти пацана за 20 – 30 майлов. А рядом в пяти минутах ходьбы такие школы – паблик скул и обучение ничуть не хуже. Разумно это было делать?». Он изобразил на лице гримасу – поднял бровь так что левый мускул лица напрягся – очевидно хотел сказать как умно он тогда поступил. «А причем тут справедливость?» - спросил я. «Справедливость?» - он помолчал. «Ну наверное, американские евреи, когда вытащили нас из Союза, хотели чтобы мы, так сказать, вернулись в лоно   иудаизма, пополнили их ряды, стали настоящими евреями, братская помощь – помнишь советское выражение. А мы не оправдали их надежды. Хе, хе». «Сами виноваты. Нечего было тянуть из нас такие деньги, да еще за обучение детей. Ты помнишь с чем мы приехали – 270 долларов на троих. «Ну многие, все же учились   в ешивах и закончили их»

- попытался возразить я. «Я таких не знаю» - парировал

он. И знаешь что я тебе скажу – там в Союзе мы были всеже

евреями и знали это. А здесь - посмотри на этих ребят» он

посмотрел в сторону своей компании. «Думаешь они что-нибудь

знают о себе, об истории евреев, могут ли говорить на иврите или

хотя бы на идыш , интересуются Израилем? Они даже не знают

где он находится. Все они типичные американцы. Все они

типичные американцы – потребители и обыватели и дальше

бейсбола и баскетбола – никаких интересов. «Но евреи имеют

тысячелетнию историю и за все это время не смешались с другими

народами и в современном мире представляют себя очень

достойно». «Будучи гажданами разных стран, во всяком случае

очень многие, идентифицируют себя как евреи, ничуть не считают

это зазорным, или хуже, когда русский гордо говорит что он

русский, а англичанин, что он англичанин, а ирландец что

он...» не отстовал я. «Оставь, перебил меня Гриша. «Вспомни как

ты показывал свою еврейскую идентичность в Союзе,

вернее как старался не показывать ее, во всяком случае,

многие их нас», старались не афишировать свою национальность

передразнивая меня, усиливая голосом слова: «во всяком случае

многие из нас» - ухмыльнулся он. И, переведя дыхание: «И все же

мы были евреями, и знали больше о своих корнях, чем они» он

махнул в сторону компании. «Порадокс, при ничтожно малой информации, ее искажении, и еще трудно доставаемой, всего что касается евреев, Израиля, у нас какое – ни есть самосознание там было». Он замолчал и хитро-пьяненько посмотрел на меня: «А знаешь почему? Потому что нам напоминали наши дорогие сограждане, кто мы есть. Чтобы не забывали. А они», он снова махнул в сторону компании «Все это могут запросто узнать, но им это не надо, их это не интересует. И в паспорте третья графа – отсутствует. Они – американцы и все». Он говорил все это с каким-то сожалением, с надрывом в голосе, я бы даже сказал с элементами злости и отчаяния. И интуиция меня не подвела. Передохнув и свободно откинувшись на спинку стула Гриша вдруг произнес: «Помнишь стихи Бориса Слуцкого: Он потер лоб, наморщив его так, что ворсинки бровей почти касались прядей волос нисподавших с головы:

Евреи хлеба не сеют,

Евреи в лавках торгуют,

Евреи раньше лысеют

Евреи больше воруют.

Евреи люди хилые,

Они солдаты плохие:

Иван воюет в окопе,

Абрам торгует в рабкопе.

Я все это слышал сдетства,

Скоро совсем постарею,

Но все, никуда не деться

От крика «Евреи, евреи»!

Не торговавши ни разу

Не воровавши ни разу,

Ношу в себе, как заразу

Проклятую эту расу

Я был несказано удивлен, если не больше. Помнить   такие потрясающие – горькие стихи! Гриша помолчал: «Знаешь почему я помню эти стихи? Потому, что я все это наблюдал и переживал в своей прошлой жизни – там. И то что высказал так верно Слуцкий, вошло в меня и навеки поселилось в моей голове. И как я позже понял уже здесь, это явилось той силой которая толкала меня чтобы мой сын получил еврейское образование. Вроде я как бы самоутверждался   в   нем,   назло   всему   тому   уродливому, зазеркалью   которое существовало в самой свободной стране» - СССР. Но, ... очевидно, не хватило силенок, и   как говорится настойчивости. И в этом мне очень, ктати, помогли американские евреи, которые помогли всем нам сюда приехать». Он задумчиво посмотрел на меня: «Как сейчас помню: «теплые апрельские дни –

дни русской православной пасхи. Вместе со сверстниками такими же мальчишками как и я – 6-7 лет, моими друзьями, я бегал по квартирам – соседей нашей трех этажки – дома сложенного из кирпича серо-грязного цвета, построенного перед самой войной по указу товарища Кагановича для работников железнодорожного транспорта и в котором моя мать – молодой специалист – получила комнату в шестнадцать метров в один из военных годов; барабанил в дверь и когда дверь отворялась хозяином, во все горло кричал: «Христос воскрес» и хозяева выносили кто кусок яблочного пирога или с повидлом, кто кулич, а больше всего мы, пацаны, любили когда нам давали крашенки – варенные яйца окрашенные в разные цвета – красный, желтый, зеленый. А после – в конце дня, пробежавшись по всем этажам и подъездам дома, мы всей гурьбой собирлись в высохшем арыке со стороны задней – не фасадной сторны дома, предварительно отнеся все пироги к себе домой, и стукались крашенками – ударяли их заостренными концами, и чья крашенка трескалась – она переходила во владение мальчика, чья крашенка оставалась целой. Нам было весело, как и должно быть, баззаботным мальчишкам этого возраста, и только печалила треснувшая крашенка, которую ты должен был отдать другу, крашенка которая оказалась крепче.

И помню тот холодный январский день – день нашего отъезда из родной трех-этажки, где я родился, а через 5 лет родилась моя сестра, в новый дом, который купили родители, когда я уже учился в третьем классе. Чтобы я не мешал им собираться, мать тепло меня одела и я спустился с нашего второго этажа на первый, где под деревянной лестницей на гладко-забетонированной площадке мои друзья играли в ошички . Я тоже любил эту игру и у меня были даже две отлично сточеные ошички , в которые по центру были запресованы свинцовые пластинки, что придавало большую массу и следовательно более сильный удар – по ошичке соперника, если конечно я в нее попадал. Обычно я с интересом наблюдал за игрой и сам играл, когда выпадал мой черед. Но сегодня игра меня не интересовала. Меня так и распирало рассказать, что мы переезжаем в новый дом: там две комнаты и большой сад с деревьями, и что я поеду на грузовике. Но я, еле сдерживая свои чувства, молчал и ждал когда кто-нибудь из ребят меня спросит. И дождался. «Что уезжаете?» спросил меня мой друг Генка из второго подъезда. «Ыгы», улыбаясь промычал я. «Вон машина», махнул я рукой в сторону входной двери подъезда которая скрипела под напором ветра держась на одной петле, раскачиваясь, и откуда тянуло морозным холодом и в открывавшийся проем которой виднелась старая полуторка дяди Матвея, помогавшего моим рдителям перевозить наш очень скромный скарб .

«Последние отваливают» - произнес длинный худой Вовка Шатохин, который был старше всех на два года и который в нашей команде был вроде как бы за командира: вечно командывал в наших играх летом на улице. Мгновение тянулась тишина. «Евреи», скзал кто-то их играющих «Воздух чище будет» сказал Вовка и с силой бросил косточку __ в ошичку соперника. В этот момент, я даже не понял что это сказано относительно меня и мне

Много позже я узнал, что незадого до нашего отъезда другая еврейская семья – муж, жена и девятилетняя дочка покинула трех-этажку, переселившись в квартиру недавно построенного пяти этажного дома недалеко от вокзала. И что уезжали они, буквально спасались бегством так как подростки нашего двора бросали камни в окно их комнаты на первом этаже, и выкрикивали злобные выражения в их адрес. Много из вещей они просто, не имели возможности вынести из их подъезда. Так что наш отъезд можно было считать вполне благополучным и дружелюбным: и даже отец и мать тепло распрощались с тетей Нюрой, нашей ближайшей соседкой, с которой мы имели общую стенку и комната наша переходила к ней после нашего отъезда». Гриша умолк. «Да», начал я. «Глубокие и дорогие воспоминания. А другие светлые пятна не твоей памяти не запечатлились, ну кроме русской пасхи» я решил сменить тему на более близкую к нашей сегодняшней американской жизни. Он молча взял бутылку, налил себе и удивленно посмотрел на меня, с легкой укоризной так как мой стаканчик был полон. В это время к нам подошел Остап и со словами, обращенными к Грише: «У нас есть еще полчаса», положил на стол тарелку с двумя «хот-догами» - сосисками вложенными в белые длинные булки. Помявшись немного, продолжил «Пойдем с ребятами осмотрим окресности». Гриша махнул рукой в сторону выхода как бы выражая свое согласие. От соседнего столика к дверям тоже направилось несколько ребят. «Куда это вы .... Вы куда-то едите?» спросил я. «Да тут в Джосконвилле   выступление сильнейших борцов — wrestling - очень сильные борцы. Вот пацаны сагитировали меня поехать с ними! Не интересуешься?» спросил он мнея. «Абсолютно по барабану». «Что ты... они за месяц взяли билеты, кто-то из ихних не смог поехать, так я дал себя уговорить, не пропадать же билету. - Дорогие, сволочи». Он поднял свой стаканчик: «Ты что холтуришь?». «Я за рулем». Он опрокинул стакан себе в рот, взял с тарелки булку с сосиской, откусил большой кусок и долго жуя как-то грустно посмотрел на меня. Может мне это только показалось «Вот спроси меня чтоя помню про вчерашний день – Ничего. А что было двадцать, тридцать лет назад и раньше, пожалуйста. И заметь: особенно запоминается то, что было с тобой в детстве, в школьные года: Школьные годы чудесные, с песнею, книжкою песнею и как-там дальше...» пропел Гриша.

Запоминается как-то пятнами, кусками, что входит и остается в тебе то, что сопровождалось страхом и радостью в тот момент и, что я заметил, особенно остается в памяти то, что тебе рассказали, ты услышал от родного или чужого человека, сам не понимаешь, но чувство, с которым это было высказано тебе впечаталось в твою память. Вот послушай что я ношу еще в своей памяти» и Гриша вновь окунулся в воспоминания: «Район в котором мы жили – это старый рабочий район, где еще до революции находились все заводы и мастерские, какие-либо существовавшие в те времена. Их было немного. Район был больше известен как привокзальный район. Здесь же стояла наша, как ты уже знаешь, трехэтажка. И вот однажды, я, отец, мать и бабушка с дедушкой – родители мамы – идем по очень не широкому тратуару улицы. Провожаем на пригородную электричку дедушку и бабушку, которые приехали погостить на несколько дней к нам, назад к себе _____, где они жили в пригороде в тридцати, сорока километрах от нашего города. Отец с дедом идут чуть-чуть на пять, шесть шагов впереди, мы за ними. И отец с дедом довольно громко говорят на идыше. Я уже в своем семилетнем возрасте уже знал что это еврейский язык. Я себе выдумывал что это какой-то язык, которым владеют только мои родители, на которм говорят между соб-ой когда нехотят чтобы я слышал о чем они говорят. Но что этот язык принадлежит еврейскому народу и крепко с ним связан и на котором они говорят я понятия не имел.

Но очевидно шедшая нам навстречу пожилая женщина в красивой железнодорожнойформе очень хорошо это знала. Пройдя мимо отца с дедом и почти поровнявшись с нами, как бы про себя, но так что мы услышали это, произнесла «И они еще ходят по нашей земле» прошла дальше. Я просто не понял о чем это она, в силу возраста я абсолютно не принял это на свой счет или что это относилось к нам. Но я увидел как мать с бабушкой вдруг замолчали и дальше мы все шли молча. Немного позже, года мать говорила об этом эпизоде отцу, я понял, что сказанное железнодорожницей относилось к нам, но «глубокий» смысл этого я тогда понять естественно не мог. Это был 1952 год самый разгар «Дела врачей». А что вкладывала та женщина в свои слова И какие чувства испытывала тогда к евреям я понял много позже». «Не опоздаете?» спросил я. «Куда?», Гриша удивленно взглянул на меня. «Ну на игру – wrestring» по слогам произнес я. «Ах, да» - нет еще есть время, да и осталось проехать минут двадцать. Почти на месте». «Давай еще» - после первой и второй перерывчик небольшой – пропел он наливая себе пол-пластикового стаканчика. «По-моему у тебя уже далеко не первый. Как ты сядешь на свой мотоцикл?» с удивлением спросил я. «В нашем возрасте, да в таком состоянии» он сделал круговые движения около рта. «Я еще не совсем крейзи. «А как же ты поедешь – ведь как я заметил вы все на мотоциклах». «Не все. Я как и Остап Бендер впереди коллоны на Мерседесе». А ведёт машину Остапчик» - он залился долгим глухим смехом, прерывающимся коротким покашливанием. Как у Ильфа и Пертрова, только Бендер я вроде как Остап». «А машина - Остапчика» ввернул я. «Точно». «Хороший парень» он остановил свой смех, взял стаканчик и выпил, заел оставшимся куском булки с сосиской. «По-моему он к тебе хорошо относится», - высказал свое предложение я. «Уважает» подтвердил Григорий. «Да и я его тоже, умный пацан. С Украины. Мой же отец тоже был с Украины, почти из тех же мест, что и Остапчик, это я уже южанин, с Средней Азии». «А как он попал сюда в Америку?», спросил я, и отломил пол булки с сосиской, оставшейся на тарелке. «О это очень интересная история, хочешь расскажу?», Григорий налил мне в мой стаканчик почти до краев из бутылки, в которй оставалось не более половины и сделал жест, который, очевидно, означал чтобы я выпил. Я пригубил и приготовился слушать. «Как я уже сказал он с Украины, с небольшого городка по их-нему местечко – до войны таких местечек было сотни и в большинстве из них если знаешь, жили в основном евреи. Сейчас, почти никого, но все же всречаются. Так вот Остапчик с мамкой и папкой жили в таком местечке, среди всех живущих хохлов жила одна еврейская семья – муж, жена и сын, такого же возраста каи Остапчик, и ходили они в одну школу в один класс. Представляешь на весь пусть и маленький городок, всего одна еврейская семья. На Украине! Дружили не дружили, но играли всегда вместе и в основном баловались. Я про этих мальчишек. И особенно любили фихтоваться. Возьмут две палки, для большей схожести со шпагой заточат конец со дной стороны и бъются. И летом, когда времени свободного много, в школу ходить не надо, тренировались так сказать у кого-нибудь в саду между деревьями. А сад имела каждая семья. В тот год им было лет по девять и все бы ничего, да в одной из этих схваток тот еврейский мальчик угодил Остапу острым концом палки прямо в глаз. Оба от неожиданности сначала не поняли что случилось но в следующее мгновение Остап как угорелый бросился в дом, второй пацан тоже побежал за ним. Дома никго из взрослых не было. Боль была дикая, кровь была размазана по щекам и пацаны выскочили на улицу оба с открытыми орущими ртами. Остап не помнит, как он очутился в местной районой больнице, но пока пришел доктор, пока промыли глаз, вернее то что от него осталось – глаз вытек. Можно сказать, что этот случай стал трагедией для обоих семейств. Вечером в дом еврейской семьи явился отец Остапа и с угрозами пресущими человеку в невменяемом состоянии, истерично крича, «Где ваш жиденок», метался по всем комнатам, переворачивая стулья, кидая все что поподалось под руки, пытаясь найти ребенка, который заблаговременно был уведен родителями к подруге детства матери. На второй день все повторилось. Дело доходило до драки. Прибежавшая милиция объяснила отцу Остапа, что это был несчастный случай, и что он может обратиться в судебную инстанцию. Родители Игоря, так звали сына, тысячу раз извенялись и предлагали немалые деньги. Все было напрасно. Тот грозился, что все равно найдет их сына и убъет. Буквально обезумевшие родители Игоря не знали, что делать. Долго быть у подруги он не мог, да и отец Остапа мог узнать, где он находится – маленький городок и все сколько-нибудь значимые события становились известны всему городу. И вскоре было решено –

уехать, исчезнуть из города. Где-то на Волге, в большом городе жили очень дальние родственники отца. Решили ехать туда. Взяли самое необходимое – документы, деньги, кое-что из вещей. Дом решили закрыть, поп-росили соседей приглядывать. А когда пройдет какое-то время приехать продать его. Были куплены билеты на поезд который отходил в два часа ночи. Оставалось за два, три часа до отхода поезда зайти за Игорем, поблагодарить подругу и поехать на вокзал. Но случилось непредвиденное. Как говориться в известной поговорке «Пришла беда, открывай ворота». Когда мать с отцом пришли в дом подруги, Игоря там не оказалось. На вопрос «Где Игорь?», та разводила руками и растерянно повторяла; что вот только что он был здесь, ждал их, попросился в туалет, а когда через десять минут мы вышли во двор, так как туалет находился во дворе, то его там не оказалось. Все бешено выскочили во двор, обежали все углы большого двора   и сада, между деревьями, включили все дворовое освещение, так как уже был глубокий вечер и темень покрывала все вокруг. Игоря нигде не было. Первая . мысль которая молниеносно влетела всем в голову, что он пошел домой, хотя ему категориечно было внушено, что он появиться дома не может. Мать с отцом бросились назад к своему дому, благо он находился в получасе променадной ходьбы, а бегом то и за пятнадцать минут добежишь. Прибежали. Во дворе было темно, дом был закрыт. Стоя у открытой комнаты, от частого причитания жены: «Где он, где он?», почти не соображая, побежали назад к подруге – а вдруг разминулись и он не найдя их дома пошел обратно. И вдруг крик, истошный до дрожи остановил их. К ним бежала мать Остапа, ее они узнали в темноте. Пытаясь схвотить их за руки, она развернулась и увлекая их за собой побежала, истошно крича, почти воя, но слов разобрать было невозможно. Они приближались к ее дому. Комната была настеж распахнута. Вбежав на веранду они увидели страшную картину: на полу лежал их сын Игорь, лицо перемазаное какой-то слизью с кровью, какая-то женщина тряпкой вытерала его щеки, рядом на корточках сидел Остап и тряс за руку Игоря, непрерыно повторял: «Тетя Маша, тетя Маша». За столом сидел отец Остапа, уставившись на них троих. Руки его разжатые с огромными растопыренными пальцами свисали вдоль спинки стула, на котором он сидел.

С ужасом поняв, что произошло, отец ребенка осторожно, стараясь чтобы голова сына оставалась неподвижной, попытался обеими руками поднять его, держа тело горизонтально, и медленно поднимаясь с колен, выпрямившись медленно пошел к выходной двери. Выйдя через калитку и пройдя через узенькую пешеходную дорожку, к проезжей части дороги, устланной булыжником, он остановился. Жена, мать Остапа и сам Остап были рядом и растерянно вертя головами глядя на дорогу не знали что же делать дальше. Нo еврейское счастье, надо же чтобы какое-то счастье да было, подмигнуло мигающими фарами из далека: по дороге катила маленькая машина и3 тех первых «Москвичей» что выпускались в первые годы после войны и многие сельские из маленьких городков жители имели их, чтобы ездить в большие рядом города и вообще на рынок.

Остап, мать Остапа и мать Игоря кинулись на середину дороги и взявшись за руки, цепочкой встали поперек дороги, преграждая путь машине. «Москвич» остановился. В окошке показалось лицо пожилого мужчины. Света лампы падающего сверху от фонарного столба, было вполне достаточно, чтобы водитель сразу понял в чем дело. Выйдя из машины и открыв обе задние двери, он помог внести Игоря во внутрь, там же на заднем сиденье, держа сына разместился отец, мать Игоря села рядом с шофером, и ей на колени запрыгнул Остап. Машина рванула вперед; Ее хозяину не надо было объяснять куда ехать; в городке была лишь одна небольшая больничка и вскоре они были на месте.

Несмотря что уж было за полночь, доктор был на месте – это был тот же врач который десять дней назад принимал Остапа. Он просто дежурил в эту ночь. После всех медицинских манипуляций: промывка, обработка антисептиком, осмотра через специальное увеличительное стекло и так далее местный Филатов вынес резуме: «Глаз спасти нельзя». Григорий умолк «Так чтоже произошло отец Остапа нашел Игоря?», спросил я, захваченный рассказом. «Нет, он сам пришел к ним в дом», зная что он с родителями уезжает он перед тем как те должны придти и забрать его на вокзал, побежал к другу, чтобы попрощаться и похвастаться, что едет на Волгу. Там, когда он тихо через маленький корридорчик пробирался в комнату Остапа, и заметил его отец. То ли он был выпивши, то ли нет, но он схватил Игоря, вытащил на террасу, и вроде бы, силой хотел усадить его на стул. Тот вырывался, рукой задел графин, стоящий на столе, который покатился и разбился надвое на полу. В это время, услыша шум из своей комнаты, выскочил Остап, в трусах и майке (он уже лежал в кровати). Увидя сына, с изуродованным глазом ярость вновь охватила его сознание (днем Остап носил очки: вместо линз в окантовку очков были вставлены простые два стеклышка, но одно былозакрыто белым вырезанным кружочком из бумаги, который закрывал глазницу, а на ночь он эти очки снимал), отец просто взбесился. В этот момент Игорь рванулся в сторону Остапа, чтобы, как он объяснил позже, выскочить через окно его комнаты в сад, и тут же получил сильный удар кулаком в глаз так, что тот – выскочил из своего гнезда как шарик, медленно растекаясь по лицу. Григорий снова замолк, перебирая пальцами по столу. «Ну и что потом – его судили?», прервал я молчание Гриши. «Да, дали два гда». Адвокат хотел представить это как непреднамеренное увечье, вызванное справоцированным действием ребенка – ведь он то сам явился в *дом* Остапа. Да и прокурор просил два года, так что судья и дал два. Сослали его куда-то в лагерь там же недалеко от них, на Украине. А через год пришло извещение, что он утонул на Тиссе – там заключенные подготавливали срубленный лес для сплава плотов по реке – несчастный случай. А еще через пол-года умерла мать Остапа, не вынесла всего этого – по рассказу сына, она была тихая, спокойная женщина и очень переживала все, что случилось в семье. Родственников у них никого и пацана определили в интернат, правда в Киеве». «Несчастный ребенок», произнес я, действительно тронутый рассказом Гриши. «Да, уж ничего не скажешь», согласно буркнул тот. «Ну а что дальше?», поинтересовался я. «А вот что...», Гриша глянул в окно: «Что-то ребят не видно, не опоздать бы». «Ровно через два месяца Остап заявился в их городок, прямо в дом родителей Игоря. Сбежал из интерната. Те были встревожены его появлением, но приняли, накормили. Остап съел все, что клали перед ним на столе.

Съев все поднял свой единственный глаз на сидящих перед ним людей; и только произнес: «Ох, погано... там». Сквозь стекло не залепленного бумагой, сидящие перед ним родители Игоря увидели как слеза выкатевшая из здорового глаза потекла по щеке и плюхнулась на скатерть стола. Они взглянули на рядом сидящего сына и увидели такую же слезу, падающюю из его единственного глаза. Никаких вопросов больше не было задано, так как уже была почти ночь, Остапу постелили на раскладушке в комнате Игоря. На следующий день, конечно же родители Игоря сообщили в школу о случившемся так как ребенка оформляли в интернат — через школу в которй он учился. Директорша тутже позвонила в Киев и там обещали прислать представителя в течение двух недель, чтобы забрать мальчишку обратно». «Приехали, забрали?», спросил я. «Приехали через месяц. Уже началась перестройка, а вместе с нею бардак. Уполномоченный, который должен был приехать уволился, слинял в кооператив, и не было кого послать за Остапом. Так как учебный год еще не кончился директор школы, разрешила Остапу посещать школу и он стал снова ходить в тот же класс из которого его забрали. А жить он стал в семье Игоря. Сидели они на первой парте вдвоем и были очень довольные этим. Представляешь картину: двое, мальчишек нежного возраста   сидят рядом и на двоих только два глаза. Так и проучились они месяц. В классе их звали Кутузовыми и оба, когда их звли в классе ученики, оба отзывались – поворачивали головы или подходили.

После очередной неразберихе кто-то и з ребят предложил одного звать *Д*аяном   а другого оставить Кутузовым. Они пожали плечами в знак согласия. Причем Даяном стал Остап, а Игорь остался Кутузовым. Почему так, а не иначе можно только догадыватья – предположений много. Может потому, что у Остапа не было левого глаза как у Даяна, а у Игоря – правого как у Кутузова. А может наоборот Очки они носили одинаковой конструкции, то есть оправы были одинаковые, разница была только в том, что у одного было заклеяно правое стеклышко, у другого левое, и на ночь на стуле около их постелей лежало до утра два в общем то ненужных   предмета и надевали их они только в школу вроде как ничем не отличатся от других детей и не пугать их.

Наконец приехал представитель из Киева. И произошло   то, что никто не мог ожидать — Остап исчез. Начали допытываться у Игоря – учительница, директор, родители – тот молчал. Целый день ушел в пустую. Остапа не было. Уже хотели сообщить в милицию как вдруг он появился поздно вечером в доме Игоря. Так как представителю из Киева на расходы была выдана только сумма на одни сутки, то он остался на ночь в доме родителей Игоря – за гостинницу он должен был платить из своего кармана. Он принялся ругать Остапа и хотел тут же забрат его и поехать на вокзал, намереваясь купить билет на ближайшую электричку, благо поезда отходили на Киев каждые два часа. Но глядя на него и он и родители Игоря почувствовали, что Остап в каком-то почти невменяемом состоянии – бледный, с подрагивающей нижней губой, с отрешенным с невидящим ничего взглядом. Это заставило их всех прекратить упреки в его адрес и выразить на лица х спокойствие.

Решили, что на следующий день с утра представитель с Остапом, отправятся на вокзал и уедут. Зайдя в комнату к ребятам, мать заставила их сидящими на постелях о чем-то шопотом переговаривающихся. Те на миг замолчали. Затем Игорь вдруг произнес: «Мама, Остап не хочет ехать в интернат, и я тоже не хочу чтобы он уехал. Можно он будет жить у нас. Та на миг растерялась, но твердо произнесла: «Это не возможно». «Спать!», и вышла из комнаты. Утро следующего дня у всех участников действия на долго осталось в памяти. Игорь начал первым и в ультимативной форме поставил вопрос перед родителями о своей судьбе: или Остап останется у них или он уходит из дома. Ребятам было уже почти по двенадцать лет, в в этом возрасте категоричность суждений по любым вопросам начинает проявляться очень остро в любых вопросах, обсуждениях, в их словах и поступках. Остап сидел на стуле и молча, свесив руки вдоль спинки стула молчал. Взглянув на него, матери на миг показалось, что это сидит его отец: точно так сидел отец Остапа в ту трагическую ночь, когда, она с мужем увидели лежавшего в крови на полу своего сына у них дома. Крикнув «Нет», - она выбежала их комнаты. Когда она вернулась назад – то не поверила своим ушам в то, что она услышала. Уполномоченный – огромный дядька с маленькими усиками под носом говорил отцу Игоря как в интернате детям плохо и кормят их не важно и пацанов – хулиганов изнеблагополучных Семей уйма и форма у них почти как у заключенных, и что, конечно, Остапу у них дома будет конечно же лучше. Тот кивал головой, вроде бы как соглашался с ним. Игорь с Остапом в оба глаза умоляюще смотрели на него. Короче, они убедили мать, что Остапу надо остаться, хотябы до окончания учебного года. Уполномоченный же пообещал, что поможет с оформлением всех бумаг. И действительно помог. Все бумаги на редкость быстро были оформлены и из Киева пришел большой пакет со всем необходимым документами. Очевидно интернат имел проблемы по содержанию своих питомцев, и пристроить одного из них в благополучной еврейской семье сочли возможным. А может быть просто хотели избавиться от мальчишки с дурным поведением. Так это или иначе, но в семье появился второй «сын», чему об «брата» были очень довольны. А еще через год, родители Игоря решили эмигрировать.

В это время Остап жил у них и вопроса оставить ли его или взять с собой не было. Оформление об усыновлении прошло без осложнений и так они вчетвером оказались в Америке». «Да, интересно, что в жизни бывает. Ну а как ты все узнал об этом?» - спросил я. Этим его рассказ меня увлек. А мы оказались соседями, да и потом мой сын стал работать у Остапа в его компании ». «Он даже создал компанию?» - удивленно произнес я. «Ну компания, сильно сказано, так небольшой бизнес по раскраске маечек, брюк или курток. Берет куртку, или майку или рубашку и разрисовывает; всякие птицы там чере-па, звери портреты боксеров , артистов, президентов, по тарафарету конечно или пишет – название какой-нибудь фирмы – телефон, так сказать, рекламирует фирму и ее продукцию – по заказу этой фирмы. Иногда даже пишет кое-что по-русски. Да, почти двадцать человек на него работает. Он – призидент, а Игорь старший менеджер, а сын мой, Джерри – менеджер по продаже. Что ты, все по-американски, как надо». Гриша почти восхищенно произнес все это. «И как он этому научился?» - задал вопрос я. «Как ты знаешь, здесь все школьники с девятого класса подрабатывают. Остап устроился в одну компанию по производству красителей – всякие краски, грунты, белила и прочая дребедень. После школы и в выходные дни работал. За три года освоил все секреты производства красок. Затем учился в каком-то колледже по этой же специальности. И открыл свое дело: мой сын Джерри учился вместе с Игорем и Остапом, сдружились и теперь работают в одной компании». «Да, интересно» Я повернулся в сторону входной двери из которой появились ребята, возвратившиеся с улицы. Гриша, поманил их рукой, те подошли к нашему столу. «Ни что там, что-то интересное? Дождя нет?». «Пустыня и кактусы кругом» - ответил один их них слегка заикаясь и глотая слова. «А девчонки? Никого вокруг?», задал вопрос парню Гриша. «А он девченками не интересуется», ответил рядом стоящий длиноногий парень «только мальчиками». «Игорь, в Вашем возрасте уже надо не только интересоваться, но и пора так сказать, думать серьезно о вещах...», очевидно Гриша хотел сказать что-то нравоучительное, но осекся, только махнул рукой произнес Я «дурни». «Пацанам за двадцать пять, а как дети, никакой ответственности», обратился ко мне Гриша и продолжил: «Вот берите пример с Джерри, - женат; жена красавица – филипиночка», он махнул рукой и потянулся к бутылке.

Я резко отметил просебя то, что он назвал парня по имени Игорь и внимательно посмотрел на него, а также еще раз взглянул на Остапа. Задавать интересовавший меня вопрос я не стал, не корректно и нетерпеливо ждал, когда же парни оттойдут от нас и вернутся к своему столу. И действительно они потянулись вслед за парнем – «заикой», который после неуместной реплики Игоря направился к своему столику. «слушай, этот Игорь?» задал я вопрос Грише. «Ну» произнес он, разливая водку в стаканчики. «Тот». «Да у него же нормальные глаза, да и у Остапа тоже». «Ничего не заметил?», выбирая тонко нарезанный один из оставшихся кружочков колбасы, Гриша поставил бутылку на место. «Нет». «Как только бизнес стал приносить кое-какой доход» начал Гриша, «Остап по интернету нашел одну глазную клинику, где-то в Калифорнии, связался с ней, вместе с Игорем они поехали туда и там им дали адрес мастерской, которая изготавливает глазные протезы. Поехали. И им сделали каждому по глазу, да такие, что никто не может отличить их от здоровых. Вот и ты купился – А!» - он весело объвел взглядом все помещение кафе. «Конечно не сразу, они несколько раз ездили на, так сказать, примерку. И кучу денег это стоило, конечно». Он выпил водку и отправил вслед колбасу. «Ну чтоже – все хорошо, что хорошо кончается», филосовски закончил я», если не считать, что все же настоящий глаз, лучше искусствнного». «Это ты точно подметил – все настоящее, натуральное, естественное лучше искуственного, мертвого, извращенного, не свойственного человеку, и это верно если мы возьмем все стороны жизни, касается всего поведения человека». Столь удлиненная тирада Гриши меня несколько удивила и насторожила. «Ты это о чем?» удивился я. «Ты думаешь Игорь зря кольнул Сэма «мальчиками и девочками?». «А что есть основания?», игриво встрепенулся Я «Докозательств прямых нет, но его родители подозревают, что он нетрадиционный. Понимаешь, парень из хорошей семьи, из всех их охламонов устроен лучше всех – программист , он показал глазами в сторону ребят. Ты может помнишь его мать, она была в нашей компании в Чикаго. Ну он тоже как наш Джерри ходил в ешиву, а затем должен был уйти так как его родителям нечем было платить за учебу». Он выжидающе посмотрел на меня. Я нахмурил лоб: «Нет не помню». «Ну не важно. Понимаешь, и откуда эта зараза – «голубизна» у еврейских ребят. А потому, что не получили достойного строгого образования, какое дают ортодоксы своим детям и вообще в ешивах» сделал вывод Гриша.

Скольких бы наших ребят научили в них уважению к родителям и отвратили бы от вредных привычек». «Ну это, это ты хватил! Если человек болен, никакая ешива это не исправит и не вылечит» возразил я. «Да может быть ты и прав, но по-маему это не стлько болезнь, сколько категория нравственности и даже где-то божественная ; бог создал мужчину и женщину и в первую очередь знаешь для чего, и рушить это плохо. И это внушают ученикам в ешиве, конечно если там хорошие учителя». «А каково родителям: «Позор на их голову» - заключил Гриша. «Это не позор – это несчастье» - вспомнил я фразу вычитанную где-то. «Вот-вот» встрепенулся Гриша, и во многом истоки этого несчастья были заложены нами – родителями. Вон – взгляни на того живчика» - он показал пальцем на паренька в компании, по виду несколько младше чем все остальные. «Представляешь, во время эмиграции он тогда еще совсем ребенком, вместе с родителями был вынужден несколько лет, до того как им дали разрешение на въезд в США, жить в Италии. Там родители определили его в католическую школу, в которой он проучился десять лет. Плоды обучения не заставили себя долго ждать. Он стал ярым католиком. «Да, родители время от времени напоминали ему, что он еврей и бабушка и дедушка были настоящими евреями, не очень настойчиво и убедительно , правда напоминали опередил Гриша меня, очевидно, догодавшись о том вопросе который я хотел задать. «В пустую. Каждый год он едет в Рим – в Ватикан и встречается с Папой, отмечает все религиозные праздники», продолжал Гриша. «Ты знаешь в Италии силен Ватикан и католицизм, а еврейских школ почти нет, или есть но наверно обучение в них тоже дорогое , как кстати и здесь в Америке. Вот и пошел он в обычную, а там наверно учителя, хваткие, вот и втянулся парень. Я как-то спросил его, что тебя так увлекло в их религии, так он ответил: «У нас в храмах очень красиво и разресованы все стены и потолки великими

Рафаелем, Микельанджелло и присты очень внимательны к прихожанам». «Да» согласился я. «У них очень внимательно относятся к людям». «Но все же главное считаю что он это так сказать вкусил с детства. Все что входит в человека в раннем детстве и если это делается постоянно, регулярно, то это остается на всю жизнь. Чего бы это не касалось в жизни : религии, воспитания, кухни, привычек и так далее» - очевидно меня тоже потянуло пофилосов ствовать. Помолчали чуть-чуть , думая наверное об одном и том же. А может о разном.

«Ну давай прикончим ее» чуть-чуть осталось и Гриша взял пластиковую бутылку в которой еще плескалось достаточно жидкости, налил до краев себе и весь остаток в мой стаканчик тоже до краев и пустую бутылку поставил горлышком вниз на стол так, что дно бутылки оказалось вверху. «Вот подтверждение твоих слов» сказал он, пальцем указывая на бутылку. «Пустая. А где мы этому научились? Пусть учились не с самого раннего детства, но наверно с лет двенадцати, тринадцати». Я понял о чем он. Но Гриша хотел довести свою мысль до логического конца. «Какой русский оставит водку недопитой, он обязательно выпьет все, неважно чекушечка ли это или почти два литра, как в этой американской пласт массовой посудине». Мы выпили и оба, не сговариваясь поставили свои стаканы на стол вверх дном. «Пошли» Гриша встал и не очень уверенно зафиксировал свое тело. «Пошли» повторил он, «более близко познакомишься с ребятами». Мы направились к их столу. Нам освободили два стула на которые мы и сели. «Ну что там, когда играем «в путь?». «Минут через тридцать надо двигать» я звонил, команда задержалась и только что прибыла на стадион» ответил Остап, закрывая откидную пластину селл (мобильного) телефона. «Как по-твоему, кто сегодня победит? Патрик Уиблтон?» обратился Гриша к парню, которого он совсем недавно характеризовал мне как еврея-католика. «Наверное Патрик.» ответил тот. «Это почему же?» вмешался Игорь. «Потому, что его имя, Патрик, а на следующей неделе праздник святого Патрика» спокойно ответил тот. «Видал?» Гриша многозначительно посмотрел на меня. «Распять бы тебя сейчас на этом замызганом столе» с горькой иронией произнес Гриша. «Ну это Вы умеете, это по-вашей части» рассмеялся парень, весело и не злобливо. «Эх видели бы тебя сейчас твои дедушка и бабушка», в тон ему также весело ответил Гриша. «А если выиграет - Хоган» вечером пойдем в клуб, я слышал в этом городке классный клуб и там классные девочки, а Сэм, ты же болеешь за Хогана? Пойдем?» спросил Игорь. «Нет» флегматично ответил тот «Это же почему?» опять спросил Игорь. «Они плохо пахнут». «Кто?». «Девочки» не меняя тона сказал Сэм «А ты их шанель №5 брызгай» не унимался Игорь. «Дурак» спокойно ответил тот и отошел в окну. «Игорек, если в один день Сэм тебе выбьет второй глаз, то у меня денег нет чтобы тебе заказывать еще один протез», подал голос Остап. «Я пошутил, эй, Сэмчик Игорь направился к нему и дружески кулаком слегка ткнул его в бок. «Чем больше общаюсь с вами» Сэм окинул взглядом всю компанию, «тем меньше хочется вас всех знать. И зачем я поехал с вами?». «Да хватит вам грызться прервал Гриша пререкания, и бодро встал со стула. «Остап» обратился он к тому, ну-ка принеси свой чемоданьчик, кажется у тебя появился новый клиент – рекламодатель. Надо показать ему твою работу».

Остап недоверчиво посмотрел на Гришу, затем на меня. «Он, он» Гриша хитро бросил взгляд в мою сторону. Остап встал и молча направился к двери. Через какое-то время он вернулся, неся в руках увесистый дипломат в черном кожаном кожухе. Положив чемодан на свободный стул, на спинке которого все также висела куртка с надписью, привлекшей мое внимание, он шелкнул замочком, и приподнял крышку. «Тут правда только спортивные маечки и рубашки, я взял их может на стадионе удастся что-то продать» - Остап выложил на чистую часть стола с дюжину красивых маечек, испещренными надписями, рисунками и телефонами. «Вот он-еврей, а не они» отозвался Гриша. Я взял в руки несколько маечек. Маечки и рубашки были красивых расцветок, из добротной ткани, легкие, очевидно хлопчато-бумажные, рубашки скользкие на ощупь очевидно из шелка и синтетики. У всех на задней поверхности стороны спины, были названия разных компаний, телефоны, logo, рисунки и портреты, очевидно, изветсных людей. Я стал читать – в основном все было написано на английском языке, как и подобает в англоязычной стране. Но тут же я увидел надписи на родном русском языке. «Это он балуется» пояснил Гриша. Я стал читать, перебирая, рубашки, маечки: «Тихо едешь, дальше будешь», «С кем переспишь, от того и залетишь», «Утопим москалей   в жидовской крови», «Женщина дура не потому что дура, а потому что женщина», «Почему ты называешь его киллером – Быстро кончает», «Тупой как чукча... Однако», «Кровь людская, не водица», «Бей жидов, спасай евреев». Стоп.

Я повернул куртку, весевшую на стуле и прочел тот же лозунг. Я оторвал глаза от всех этих надписей и увидел как все ребята, включая Гришу захлебываются смехом, пытаясь, прикрывая рты, не сильно оглашать им зал кафе. Чуть поодаль за столом, продолжая сидеть и дожевывая очередную порцию сосисек с булками, на них глядели те же два – толстяка – полицейские. «Так вот чья это работа», я посмотрел на Остапа. «А почему столь известный призыв, так, я бы сказал, изуродован, ты что не знаешь классику?» я сделал грозный вид и не отрывая взгляда смотрел на Остапа. «В том то идело, что это совершенно новое изречение или так сказать афоризм. Остап его придумал сам и гордится этим. Вы где-нибудь слышали   этот литературный опус? Нет? Может быть его наградят еще Нобелевкой премией» шустрый и словоохотливый Игорь и тут отметился от других. «Вот видишь не надень Джерри свою куртку с этой надписью, мы бы разъехались, так и не встретившись и не поговорив, не вспомнили бы наше прошлое, ты бы просто не обратил на нас внимание. Так?» Гриша говорил сущую правду. «Видишь какой молодец этот

« газлуным   » он кивнул в сторону Остапа. «Так это не я молодец, а Ваш Джерри, что надел эту куртку» ответил тот. «Все молодцы» заключил Джерри и ты, молодец, и я молодец и он молодец, он поочередно   делал поклоны в сторону своих друзей. «А главное Вы самый большой молодец» он сделал легкий поклон в мою сторону. «Кроме того Вы герой, могли бы получить по шее» напомнил он угрозу Остапа в самом начале нашего знакомства. А самый главный молодец – мой отец, что узнал Вас. Вот аж в рифму» закончил Джерри – Юджин. А мы так и не знаем Вашего имени. Я назвал себя. «Ну что, пора?» спросил Гриша, «можно по коням». «Five minuts, please» вдруг подал голос очень толстый парень с лицом на котором щеки так широко распользлись словно тыква на Хелувин. «One *more please* dog» и он быстро переваливаясь с ноги на ногу, понес свое жирное тело к буфетной стойке. «А этот, что не говорит по-нашему» обратился я к Грише. «Американец, американский еврей – Джейсон пояснил Гриша. Лопает хот-доги только так, вырос на Мак-Донелсе, и мать его и отец, тоже очень полные. Что поделаешь? И образование и интеллект ниже среднего». Типичный амприканец из народа, по моему, не окончил даже средней школы, говорить об еврейском образовании даже не приходится», дал характеристику Гриша Джейсону.

Несколько человек, накинув куртки, вышли из кафе, остальные остались ждать американца, разместившись на свободных стульях. «Выбирай» широким жестом Гриша указал на ворох рубашек, маечек, продолжавших лежать кучей не столе. Я замялся, поглядывая на Остапа, все же это было его имущество. «Берите, какое Вам понравилась, здесь размер, как раз на Вас». Остап вынул еще пару рубашек из дипломата. Взять рубашку с английской надписью, или с надписью по-русски. Я думал, какую выбрать. «А какой самый известный борец будет сегодня выступать на соревновании куда вы едете? Есть рубашка с его изображением?». Кто-то их ребят назвал мне его имя: «Да сколько хотите» Остап вынул из дипломата красивую ярко-оранжевую рубашку с длинными рукавами и протянул ее мне. На ней красовался черный, мускулистый до полупояса обнаженный атлет с белозубой улыбкой. «У меня таких здесь несколько штук, я специально взял их для продажи» пояснил Остап. «Ну и выбирайте еще какую-хотите, с русской надписью» добрадушно разрешил он. «А давай эту» - я взял верхнюю рубашку «с твоим нововведением в руской словестности»- на память». «Давайте я поставлю свой автограф, как автор» с этими словами Остап вынул из верхнего кармана своей куртки специальный карандаш, -маркер «Он не пачкает и надпись навечно» пояснил он. И с этими словами прямо под изречением крупно быстро поставил свою подпись. Затем аккуратно складывая все рубашки, маечки положил их в чемодан и защелкнул замком. В это время вернулся от стойки Джейсон, отстояв очередь в два человека, он наконец получил свой хот-дог и идя к нам с жадностью начал его есть, измазав губы красным кетчупом. «Это же свинина. Ну какой ты еврей, а?» Гриша с укоризной покочал головой по-английски, обратившись к Джейсону «Твой мотоцикл не выдержит тебя, «Мак Дональд'з son». Евреи в сенагоге, а мой мотоцикл не кошерный» вдруг по-русски состроил Джейсон. Все рассмеялись. Мы вышли на улицу. Часть ребят уже завели свои мотоциклы и сидя в мягких сиденьях, крутя ручку газа, производила оглушительный шум, прогревая их для дальнейшего пути. Крайний с дальнего конца очень высокий парень, подстриженный машинкой так стригли в России новобранцев сразу же по прибытии в часть, с крупным носом, никак не мог завести свой мотоцикл и попеременно то откручивая, то закручивая железную круглую пробку топливного бака, то опять толкая ногой откидную металическую скобу газа, пытался завести мотоцикл . Все было тщетно мотоцикл не заводился Парень чертыхался, материл кого-то мешая русскую брань с английской.

К нему подошли двое ребят, заглушив свои мотоциклы. Заглянув в открытую горловину топливного бак матоцикла, один из них произнес: « Стив , ты хорошо заправился сосисками,сколько съел? А свой мотоцикл не накормил. Бак-то пустой». «Я знаю» со злостью, нервно ответил тот кого назвали Стивом. У меня нет денег. «Мать дала всего сто долларов. А на бензин своему тенанту – сожителю денег не жалеет, да еще и машину свою Lexus дает ему в пользование. « Стив , тебе уже пора самому на бензин зарабатывать, а не у матери просить» укоризненно произнес один из подошедших парней. «Да меня нигде не берут из-за моего рекорда в полиции» зло отозвался тот , «испортил себе всю жизнь из-за того дурацкого случая» почти обреченным голосом, продолжал он «Не будешь больше драться и бить несчатных мексиков» отозвался неугомонный Игорь. «Так, в чем дело?» вмешался Гриша подойдя к ребятам. «Да вот бензина нет у Стива, непонятно как и доехал сюда» объяснил причину кто-то. «Видал?» Гриша обратлся ко мне. Взрослый парень, можно сказать дядя, а деньги на бензин клянчит у матери. Я стоял и искренне восхищался мотоциклом Стива. Японский, блестя никелерованными своими частями, опутанный разноцветными резиновыми проводами, окрашенный в ярко красный цвет, с удлиненными мягкими сиденьями и для водителя и для пассажира, обода колес отражали лучи заходящего солнца и слепили глаза. Все остальные мотоциклы по сравнению с ним выглядели гораздо беднее и проще. «Стоит как приличная машина например Lexus» заметив мой восхищенный взгляд проинформировал Гриша. «Какое по счету средство передвижения?» Гриша взглянул на парня «Пятое». «А что на машину больше мать не выделила, ведь до этого, как я знаю, ты разбил несколько машин». «Я же говорю» мать сказала чтобы я сам дальше зарабатывал на все..., хорошо что еще купила мотоцикл» раздраженно на уровне крика выполил тот. «И правильно сказала и у врачей кошелек не бездонная бочка» Гриша объвел всех стоящих, образовавших круг вокруг мотоцикла взгля Дол Что будем делать? Оставим его здесь? А? Alex, ты первый определил что бак пуст, что скажешь?». «Не знаю» обреченно вздохнул Alex. «Кто знает?» выкрикнул Гриша. Все молчали. «Ну все, оставайся здесь, переначуешь на своем японском, а завтра утречком мы тебе привезем канистру бензина» на полном серьезе подал голос Игорь. «Ну нет», встрепенулся Стив а какже матч, я тоже хочу посмотреть, я же заказывал билеты на всех, а вы меня оставляете?». «А что делать?» чуть не прыгая от смеха продолжал Игорек. «А я сяду к тебе на заднее сидение» предложил Стив. «Это что же, на моем бензине поедешь? А вдруг мой бак сломается? Ну нет, моя мать не врач   и второй мотоцикл мне не светит. Да и потом ты что оставишь свой японский здесь на дороге? Он до завтра здесь не сохранится».   «Я положу его на цепь, и закрою замком» парировал   Стив . «Вот что значит дети, умеющие доить своих родителей, японский мотоцикл все равно ему, что велосипед. Игорь сделал серьезное лицо и с умным видом обвел всех взглядом.   «Так, кончайте хохмить до начала матча осталось два часа, а нам еще минимум полчаса ехать» подал голос Остап, сидя уже в своем довольно приличного вида «Мерседесе». «Ну так что, больше предложений нет?», тогда остается проверенный уже довольно подзабытый, нами» - он указал на себя и на меня рукой, «а Вами и вовсе, не известный метод. С этими словами Гриша открыл багажник «Мерседеса» порылся в его чреве и вытащил тонкий шланг метра в два. Опустив один конец его в горловину бака машины, он приказным тоном заставил Стива чтобы он поставил свой мотоцикл рядом с машиной Остапа и ответил заглушку топливного бака. Всучив другой конец шланга ему скомандовал: «Давай, соси». Тот удивленно посмотрел на Гришу. «Соси я сказал», повторил Гриша.

Вся компания удивленно следила за происходящим. Стив взял в рот конец шланга и сделав слабенький вдох, взглянул на Гришу. «Да не так, что есть силы во всю мощь своих легких – вдох –

ртом», Гриша встал рядом вплотную к парню, - слегка придерживая шланг около рта Стива   Тот сделал сильный вдох ртом и чуть не захлебнулся ; высто вытощил шланг изо рта, тонкая струя бензина брызнула из шланга и направляемая рукой Гриши, через вставленный конец шланга в горловину бака полилась, ударяясь о дно пустого бака мотоцикла медленно его наполняя. Пока бензин заполнял бак мотоцикла Стива   тот вытирая рот и часто отплевываясь материл всех и все по-русски и по-английски. Заполнив бак достаточным количеством горючего, Гриша вытащил шланг, слил остаток из шланга назад в бак мерседеса и закрыл заглушками оба бака.   «Вот и все», он взглядом победителя, сделавшего свое дело хорошо, посмотрел на хозяина мотоцикла. Тот уже пришел в себя, и продолжая медленно по инерции вытирать губы только и произнес: «Ну мамочка, тенант-сожитель тебе дороже сыночка.   Уже не хватает денег на единственного сына. Пусть положит на мой эккаунт три тысячи - хотябы на бензин». «Молодец» поддержал Игорь. «Только чтобы папка не знал». «Ну что, больше никаких проблем?»   Гриша объвел взглядом стоящих вокруг ребят. Тогда по «коням». Все быстро разобрались по своим мотоциклам и выехав из парковочных ячеек, ограниченных желтыми широкими полосками, описывая полукруги с короткими радиусами выстроились друг за другом, образовав сплошную линию. Треск работающих дв⁄игателей, прерываемый визгом на высоких частотах отдельных мотоциклов, в момент когда их хозяева вбрасывали излишние порции бензина в камеры сгорания делали почти не возможными для слышимости наши прощальные слова.

Выждав, несколько секунд, когда шум от мотоциклов принял равномерный приглушенный гул, делающий возможным наше прощание, я с удивлением услышал от Гриши: «Одеть бы всех их в черные куртки с анти-еврейскими надписями, пару плакатов на каждый мотоцикл со свастикой и всю кавалькаду пустить по улицам Нью-Йорка, Чикаго, Лос-Анжелеса, там, где скопление эмигрантов из России». Он повернул лицо в мою сторону. Его глаза были злыми с белками розового цвета. «Зачем? Откуда пришла тебе в голову эта мысль?», я удивленно смотрел на него. «Эта мысль не моя, а Давида Бен – Гуриона – первого примьер-министра Израиля и пришла она ему в голову много лет назад», услышал я в ответ. Я только пожал плечами. Мы обнялись. Он сел на заднее сиденье Мерседеса и сильно захлопнул дверь. «Да, чуть не забыл», прокричал я в открытое окно двери машины. «Почему ты поменял имя сына с Юджина на Джерри?». «Так посоветовала одна старушка их Белоруссии – эмигрантка с 1903 года, когда он был еще ребенком. Юджин слишком явно звучит, как еврейское имя, а Джерри – американское имя, без всяких намеков». Он положил руку на ободок открытой форточки Мерседеса и помахал мне ладонью. Мерседес вырулил и, заняв место во главе колонны, рванул вперед навстречу хайвею. Вся кавалькада мотоциклов двинулась за ним.

От автора.

Уважаемому читателю, который вытерпел и дочитал мой рассказ до конца.

Конечно многие скажут, что то, что я написал, не соответствует действительности. Многие дети и американских евреев и дети приехавшие из России с родителями посещали ешивы, кончали их и имеют представление и о истории евреев, их традиции и даже владеют древнееврейским языком. Не спорю. Но очень большая часть детей посещать эти шклы не могла и не в последнюю очередь именно из-за их дороговизны и таким образом влившись в американскую жизнь, приняли обычаи, устои других этнических групп многослойного американского общеста, против чего вообщем возражать, не стоит, они не обрели или растеряли даже те зачатки причастности к еврейству, которое имели их родители в СССР.

Получился казус – родители ехали сюда, в Америку, как они всегда утверждали, в первую очередь, ради своих детей, ради их благополучия и в том числе чтобы они не ощущали себя ущемленными по национальному признаку, были свободными людьми, но заплатили тем, что их дети потеряли свою еврейскую идентичность. И второй казус – американские евреи, в огромной степени, не дали возможности новым юным эмигрантам полноправно влиться в сильную еврейскую общину – доллар оказался сильнее чаяний евреев стать настоящими евреями.

Еврейская община в общем-то не досчиталась тысяч и тысяч своих потонциальных членов. «Ценность иудаизма, который не выдвигает никаких условий и не требует никаких жертв равна нулю» - это слова Йонатана Рюзенблюма из газеты «Ждерузалем Пост», Израиль и «Джуишь Обзервей», Нью – Йорк пишет: «В последние годы одинадцать евреев-милиардеров выделили восмнадцать миллионов долларов на поддержание еврейских учреждений для детей, на поднятие и увеличение ешив, так как евреи обеспокоины тем, что евреи все чаще и чаще теряют свою идентичность и просто перестают быть евреями. Ни итальянцам, ни корейцам не надо тратить деньги и беспокоиться, что их дети, внуки, перестают быть итальянцами или корейцами, равно как и другим нациям нечего об этом беспокоиться. А евреям надо».

«Ежедневно число евреев уменьшается на 500 человек в результате ассемиляции, 75% евреев С.Н.Г. ассимилированны» по мнению Щаранского.

Ассимиляция идет гиганскими шагами и наши дети, внуки, многие просто перестают быть евреями. Эта проблема существует и она будет увеличиваться. И дай Бог, чтобы эти восемнадцать миллионов долларов от одинадцати евреев-милиардеров как-то

затормозили этот процесс.

Владимир Славутский